Charlies Traumhund

Pat Moon

Charlies Traumhund

Aus dem Englischen von Hans-Georg Noack

aare

Berücksichtigt neue Rechtschreibregeln

Pat Moon
Charlies Traumhund

Aus dem Englischen von Hans-Georg Noack
Umschlagbild von Irmgard Paule

Printed in Germany
ISBN 3-7260-0523-4
Bestellnummer 02 00523

Die Deutsche Bibliothek - CIP-Einheitsaufnahme

Moon, Pat:
Charlies Traumhund / Pat Moon. Aus dem Engl. von Hans Georg Noack. -
Aarau; Frankfurt am Main; Salzburg: Aare, 1998
ISBN 3-7260-0523-4

1

Was sagt ein Floh zum anderen?

»Gehen wir zu Fuß oder nehmen wir uns einen Hund?«

Charlie Sparks hatte zweihundertneunundsechzig Hunde. Alle in seinem Schlafzimmer. Er hatte Hunde auf der Tapete. Auf Postern. Auf Fotos. Auf Regalen. Er besaß Porzellanhunde, Kunststoffhunde, Plüschhunde und Hunde in allen Formen und Größen. Er hatte ganze Reihen von Hundebüchern. Sieben aufblasbare Hunde hingen von seiner Zimmerdecke. Aber Charlie hätte sie alle leichten Herzens weggegeben, wenn er nur einen einzigen echten, lebendigen Hund hätte haben dürfen.

Wenn man Charlie aufgefordert hätte sich selbst zu beschreiben, dann hätte man wahrscheinlich zu hören bekommen: Haarfarbe wie die von einem goldenen Labrador. Tatsächlich war er aber eher so etwas wie ein Mischling. Er hatte die großen Ohren von seinem Vater und die braunen Augen von der Mutter. Und ein bisschen kam er auch nach seinem Großvater: klein und drahtig wie ein Terrier. Ein guter Läufer war er ebenfalls, genauso wie es sein Großvater als Junge gewesen war. In letzter Zeit war Charlie sogar besonders viel gelaufen. Meistens weggelaufen. Vor Lee Trenchers großem Bruder Denny.

Wenn ich einen großen Hund hätte, dann würden wir es denen schon zeigen, dachte er, während er eines Tages wieder einmal von der Schule nach Hause trottete. Ein guter Hund ist treu. Er ist ein bester Freund. Er verteidigt seinen besten Freund mit Klauen und Zähnen.

In Gedanken zeichnete Charlie einen Comicstrip. Er zeichnete sich selbst und seinen Hund, wie sie gemeinsam durch die Straßen strolchten. Dann entwarf er Denny und Lee, wie sie ihm auflauerten. Er zeichnete seinen Hund, der wild herumsprang um ihn zu verteidigen. Sofort strichelte er den beiden Brüdern überraschte und angstvolle Gesichter ein. Jetzt wurden sie von Charlies treuem Hund verjagt. Sie rannten aus Leibeskräften, den Hund dicht auf den Fersen. Die beiden Gestalten wurden immer kleiner und kleiner, bis sie endlich nur noch winzige Punkte am Horizont waren. Zum Schluss zeichnete er noch dicke Staubwolken hinter sie um zu zeigen, wie schnell sie rannten.

Charlie war jetzt fast zu Hause. Er konnte schon das Schild sehen: »Gästehaus Seeblick« stand da in windschiefen Buchstaben über einer schaumgekrönten, türkisfarbenen Welle. Darunter hing an zwei kurzen Ketten ein kleineres Schild mit der Aufschrift »Zimmer frei«. Er lief um das Haus herum zum Seiteneingang.

Charlies Zimmer lag hier im Seitenflügel gegenüber von der Wäschekammer. Er streifte sich die Schuhe von den Füßen, hob sie auf und schlich auf Zehenspitzen zu seinem Zimmer. Auf dem Schild an seiner Tür stand »Vorsicht vor dem Hund!« Charlie hatte die Buchstaben so gezeichnet und ausgemalt, dass sie wie Hundeknochen aussahen. Lautlos schlüpfte er in sein Zimmer und

zog die Tür hinter sich zu. Er lehnte sich von innen dagegen und atmete tief aus.
Es war ein winziges Zimmer, kaum größer als ein geräumiger Schrank. Alle richtigen Schlafzimmer waren für die Gäste bestimmt. Charlie setzte sich an den kleinen Tisch unter seinem Fenster und schaltete seine Welpenlampe ein. Er hatte sie erst kürzlich mit Bildern dekoriert, die er aus Zeitschriften ausgeschnitten hatte. Vermutlich hatte er den falschen Klebstoff genommen, denn es roch immer ein bisschen komisch, wenn die Lampe eine Weile eingeschaltet war. Er zählte die Hunde auf dem Lampenschirm. Zweiundzwanzig. Wenn er so weitermachte, würde er bald dreihundert Hunde haben.
Aus Charlies Fenster sah man direkt auf eine kleine Backsteinmauer. Deshalb war es in seinem Zimmer immer etwas dunkel. Aber Charlie fand, dass es bei ihm dadurch viel aufregender und geheimnisvoller war. Wie in einer Höhle. Neben dem Tisch stand sein Bett mit der 101-Dalmatiner-Bettwäsche. Die hatte er von seinen Eltern zum zehnten Geburtstag geschenkt bekommen. Und dann war da noch ein sehr schmaler Schrank (ebenfalls mit Hundebildern beklebt) und unter seinem Bett gab es zwei große Schubfächer. An den Wänden hatte Papa Regale angebracht. Für irgendetwas anderes war kein Platz.
Charlie kramte sein Snoopy-Mäppchen aus der Schultasche. Dann streckte er den Arm hoch und holte ein großes rotes Ringbuch von einem Regalbrett. Es war ebenfalls mit kleinen Hundebildern verziert und auf einem Etikett stand:

Was man über Hunde wissen sollte
von Charlie Sparks

Er schlug die erste Seite auf. Dort stand:

Bevor du dir einen Hund anschaffst,
solltest du wissen, dass es Hunde aller
Größen und Formen gibt.
Das Blöde daran ist bloß,
dass man nie genau wissen kann,
wie groß ein Welpe wirklich wird.

Dazu gehörte eine Zeichnung. Sie zeigte einen lächelnden Jungen, der ungefähr wie Charlie selbst aussah. Neben ihm saß ein winziger, lächelnder Welpe. Charlie schlug die Seite um. Jetzt kam das Bild eines riesigen, grinsenden Hundes. Unter seiner gewaltigen Pfote ragten nur noch Kopf, Arme und Beine eines platt gedrückten Jungen hervor und aus dem Mund des Jungen quoll eine Sprechblase. Darauf stand:

**»SO SIEHT MEIN WELPE HEUTE AUS.
VERSTEHT IHR, WAS ICH MEINE?«**

Charlie hatte sich schon immer einen Hund gewünscht, aber seine Mama mochte keine Bazillen. Und keinen Schmutz. Keine Haare. Keinen Gestank. Das alles war für sie unerträglich schlimm – und Hunde waren in jedem einzelnen Punkt schuldig.
»Ja – aber ich schleppe doch auch Bazillen und Haare und Schmutz ins Haus. Und du schnüffelst dauernd an mir rum, also muss ich wohl auch stinken. Warum hast

du mich dann überhaupt?«, hatte er oft genug eingewandt. Aber Mama hatte auch noch andere Gründe. Jede Menge! Charlie führte eine Liste darüber, damit er sich seine Antworten für den Fall zurechtlegen konnte, dass diese Gründe wieder einmal auftauchten. Er hatte Mama alles Mögliche versprochen, immer wieder. Alles würde er tun, WIRKLICH ALLES! Wenn sie ihm nur erlauben würde einen Hund zu haben.
Er blätterte weiter in seinem Ordner und stieß auf eine Seite mit der Überschrift

Große Probleme – kleine Probleme
Flöhe, Würmer, Häufchen und Pfützen

Er zog die Ringe auseinander und nahm das Blatt heraus. Es zeigte das Bild eines Furcht erregenden, zusammengekauerten Monsters. Es hockte auf kräftigen, stachligen Beinen. Aus dem Maul hingen ihm zwei mächtige Fangzähne. Scharfe Krallen wuchsen aus seinen hässlichen, behaarten Vorderbeinen.
Charlie suchte in seinem Federmäppchen nach dem Bleistift mit dem Dalmatinermuster und schrieb:

Das ist ein Hundefloh – aber keine Angst!
In echt ist er nicht so groß.
Das Bild ist hundertfach vergrößert.
Und das ist seine wirkliche Größe:

Er zeichnete einen Pfeil, der auf einen winzig kleinen Punkt deutete. Dann schrieb er:

Aber Vorsicht!

»Charlie?«
Die Tür wurde geöffnet und Charlies Mama trat ein. »Hallo, Charlie! Ich habe gar nicht gehört, dass du gekommen bist. Seit wann bist du denn schon hier?«
»Ich bin gerade eben gekommen.«
»Könntest du dann schnell mal für mich zur Post laufen?«
Sie schnüffelte misstrauisch. »Was ist das für ein merkwürdiger Geruch?« Sie griff nach seinen Schuhen und schnüffelte noch einmal.
»Bist du etwa über den Spielplatz gekommen? Heutzutage ist es dort einfach widerlich – er müsste für Hunde verboten sein!«
»Das ist nur irgendein Klebstoff, den ich benutzt habe. Und außerdem können die Hunde gar nichts dafür. Es liegt an ihren Besitzern. Wenn ich einen Hund hätte ...«
»Ach, und kannst du mir dann beim Kartoffelschälen helfen, wenn du zurück bist?«, sagte Mama, während sie hinausging.
»Ich möchte den Wäscheschrank einmal gründlich aufräumen.«
Charlie legte sein Bild in den Ordner zurück und schloss ihn. Wenn Mama ein Hund wäre, dachte er, dann wäre sie bestimmt ein Bluthund. Sie schnüffelt mir nach. Oder ein Hirtenhund, bloß dass sie nicht Schafe treibt, sondern mich. Geh dorthin! Komm her! Tu das! Tu jenes! Immer hatte sie etwas für ihn zu tun. Und da seine Schwester Avril seit drei Tagen fort war, musste er ihre Arbeit auch noch mit machen. Zum Glück war jetzt nicht so viel Betrieb. Die Ferienzeit war fast vorüber und sie hatten nur noch zwei Gäste.

Er hob seinen großen Schäferhund vom Schrank und setzte ihn neben der Tür auf den Boden.
»Bleib!«, befahl er. »Niemand kommt durch diese Tür! Hast du mich verstanden, Sally, mein gutes Mädchen?«

2

Ein Mann steigt mit seinem Hund in ein Zugabteil.

> **»Darf der Hund auch auf einem Platz sitzen?«, fragt er den Schaffner. »Ja, gut«, sagt der Schaffner. »Aber nur, wenn die Füße unten bleiben.«**

Charlie gab Mamas Paket auf. Er kaufte Briefmarken für sie und steckte sie in die Tasche. Dann ging er über die Straße zum Trödelladen und durchsuchte die Bücherregale. Nichts über Hunde. Er schlenderte wieder hinaus, stand auf dem Bürgersteig, die Hände in den Taschen, und schaute die Straße hinauf und hinunter. Er wusste, dass die Kartoffeln auf ihn warteten. Er dachte daran, bei seinem Freund Scottie vorbeizuschauen, aber dann fiel ihm ein, dass der mit seiner Mutter einen neuen Mantel kaufen gehen musste. Also wandte er sich nach rechts und ging zur Strandpromenade.
Schon bald konnte er die langen Reihen der hölzernen Fischerhütten sehen. Er ging über den Kiesstrand. Steine und Kiesel knirschten und klickerten unter seinen Turnschuhen wie kleine Zähne, die nach ihm schnappen wollten. Er sprang von einem Fuß auf den anderen, damit sie ihn nicht erwischten. Er spazierte an den verwitterten Kabinen und den an Land gezogenen

Fischerbooten vorbei und atmete den herben Seetanggeruch der Fischernetze ein. Dann blieb er stehen und starrte aufs Meer hinaus. Die Wellen kamen heute ganz ruhig hereingerollt, als wollten sie mit ihren graugrünen Muskeln prahlen. Charlie kauerte sich nieder und suchte nach einem flachen Stein. Dad konnte Steine so werfen, dass sie wie auf Sprungfedern über das Wasser hüpften. Charlie warf seinen Stein, aber zwei kleinere Wellen teilten sich wie Lippen und verschluckten ihn.

Es wurde Zeit umzukehren. Er trabte am Strand entlang, nahm die Abkürzung zwischen »Harrys Fischbar« und dem Haus der Seemannsmission, erreichte den Ankerplatz und blieb dann plötzlich stehen. War das nicht Avril oder wenigstens Avrils Hinterteil, was da unter einer Motorhaube hervorragte? Auf dem kleinen Platz vor der Autowerkstatt von Mr. Quix? Diese orange und gelb gestreifte Hose, die unter ihrem Overall hervorschaute, hätte er immer und überall erkannt.

»Avril?«, rief er.

Avril kam rückwärts unter der Motorhaube hervor. In der einen Hand hielt sie einen schmutzigen Lappen, in der anderen eine Ölkanne. Charlie blinzelte und starrte sie an.

»Was hast du denn mit deinem Haar angestellt?«, fragte er verblüfft.

»Gefällt's dir?«, fragte sie grinsend zurück.

Es war grün. Jede Menge kleiner grüner Zöpfe.

»Du siehst aus wie dieses Monster – du weißt schon, das anstatt Haaren Schlangen auf dem Kopf hat.«

»Medusa, meinst du?« Es schien ihr zu gefallen. Sie ließ die Zöpfe hin und her schwingen und zischte wie eine Natter.

Charlie überlegte, was sich sonst noch an Avril verändert hatte. Plötzlich wusste er es. Die tätowierte Spinne war nicht mehr da. Die Spinne mitten auf ihrer Stirn, mit der der große Krach angefangen hatte und wegen der Mama geschrien hatte: »Wie konntest du nur, Avril! Los, verschwinde und lass dich nicht mehr blicken!«

Und Avril hatte zurückgeschrien: »Gut, ich verschwinde und ich komme nie wieder!«

Und sie war verschwunden. Sie hatte ihre Sachen gepackt und war gegangen. Aber Streit hatte es schließlich auch vorher schon oft genug gegeben.

»Wo ist denn deine Tätowierung geblieben, Av?«, fragte Charlie.

»Was? Ach, die! Die war doch nicht echt. Das war bloß so zum Spaß. Aber Mama ist ja gleich richtig in die Luft gegangen, oder?«

»Und jetzt arbeitest du hier?« Er grinste.

»Ja, als Lehrling. Ich will Mechanikerin werden. Das wollte ich schon seit langem. Aber man verdient nicht gerade viel dabei. Abends und am Wochenende hab ich noch einen Job bei den Amüsierbuden. Und eine eigene Wohnung habe ich jetzt auch. Wenigstens ein Zimmer. Das hat mir Sonja vermittelt. Ganz toll! Du kannst ja mal vorbeikommen, wenn du willst. Stanley Street 31. Gleich neben dem Wettbüro.«

»Du hättest Mama und Dad wenigstens Bescheid sagen können. Sie machen sich solche Sorgen!«, sagte Charlie. »Einfach so verschwinden! Dad hat dich überall gesucht und Mama hat jeden angerufen, der ihr eingefallen ist.«

»Wirklich?«

Avril brachte es fertig, gleichzeitig geschmeichelt und reuevoll auszusehen.
»Sonja hat ihnen gesagt, dass es dir gut geht, aber das war auch alles.«
»Sag ihnen, sie können herkommen und mich besuchen, wenn sie wollen.«
»Sag es ihnen selbst, Av. Komm einfach vorbei und sag es ihnen.«
»Ich komme nicht, solange Mama sich nicht entschuldigt hat«, antwortete Avril und stopfte den öligen Lappen in die Tasche ihres Overalls. »Ich will nie mehr Tische abräumen, Fußböden polieren oder Toiletten putzen. Nie mehr! Verstehst du? Ich bin fast siebzehn und habe jetzt mein eigenes Leben. Ich bin kein kleines Kind mehr. Sie kann mir nicht dauernd sagen, was ich zu tun und zu lassen habe!«
»Es ist schrecklich, seit du weg bist«, seufzte Charlie. »Mama ist so launisch wie noch nie. Und ich muss jetzt auch noch deine Arbeit mitmachen. Nun mach schon, Av! Komm zurück! Bitte, Av!«
»Ich kann nicht, Charlie.« Die Schlangen auf ihrem Kopf zappelten. Charlie schaute auf die Uhr.
»Hilfe! Ist es wirklich schon so spät? Ich muss los!« Er ging ein paar Schritte rückwärts.
»Warte!«, rief sie.
Dann lief sie in die Werkstatt und war fast im selben Augenblick wieder da.
»Hier!«
Sie warf ihm etwas zu. Das Monatsmagazin HUNDE.
»Es ist eine alte Nummer. Ich hab sie auf einem Stapel im Büro gefunden.«
»Toll! Danke, Av!«

Er hob den Blick und im selben Moment sah er Denny Trencher vom Ankerplatz herkommen. Er rannte los und hörte nicht auf zu laufen, bis er daheim war.

Dad stand in der Küche am Spülbecken und schälte Kartoffeln. Er war Pförtner im Krankenhaus und hatte gerade eine Woche Nachtschicht hinter sich und ein paar freie Tage vor sich. Er hatte eine Schürze umgebunden. Die peinliche. Die mit dem Bild einer Dame im Bikini. Einer Dame mit einem großen Busen und ohne Kopf. Wenn Dad die Schürze umgebunden hatte, sah es aus, als hätte er einen großen Busen und einen Bikini. Wirklich, es war mehr als peinlich.
»Wo bleibst du denn, Charlie?«, fragte Dad. »Deine Mutter hat dich schon gesucht.«
»Ich habe Avril gefunden«, keuchte Charlie. »Sie lernt Automechanikerin in der Werkstatt von Mr. Quix.«
»Das ist ja ein Ding!« Mit einer großen Kartoffel in der Hand drehte Dad sich um. »Ein Glück, dass ihr nichts passiert ist! Was hat sie denn gesagt?«
»Sie hat gesagt, dass es ihr gut geht und dass wir zu ihr kommen und sie besuchen sollen«, brachte Charlie zwischen zwei keuchenden Atemzügen hervor.
»Ich habe deiner Mutter ja gleich gesagt, dass alles gut ausgehen würde«, sagte Dad. »Sie weiß, was sie will, unsere Avril!«
Mama kam mit einer Glühbirne in die Küche.
»Jim, die Birne über der Treppe ist durchgebrannt ...«
»Maggie, er hat Avril gefunden!«, rief Dad.
»Was?«, staunte Mama.
»Sie wohnt in der Stanley Street«, berichtete Charlie und hielt sich die Seiten, weil er jetzt heftige Stiche spürte.

Mama setzte sich.
»Warum hat sie uns nicht benachrichtigt?«, fragte sie. »Ich habe mir solche Sorgen gemacht!«
»Sie arbeitet bei Mr. Quix«, erklärte Dad.
»Weil sie Mechanikerin werden will«, ergänzte Charlie.
»Mich wundert bloß, dass sie überhaupt eine Stelle gefunden hat«, schnüffelte Mama und zog ein Papiertaschentuch aus der Schürzentasche. »Ich meine – mit einer tätowierten Spinne! Ich kann schon den Gedanken daran kaum ertragen. Sie muss eine Haarsträhne darüberwachsen lassen!«
Sie schluchzte noch einmal.
»Sie sagt, wir können sie besuchen«, berichtete Charlie.
»Sie hätte doch wirklich anrufen können, damit wir wenigstens gewusst hätten, wo sie ist«, klagte Mama.
»Mama«, klärte Charlie sie auf, »diese Tätowierung, die war doch gar nicht echt. Das war bloß ein Scherz, weiter nichts!«
»Puh«, sagte Dad. »Die hat ja Nerven!«
Mama hob die Augenbrauen. »Was sagst du?«
»Bloß ein Scherz«, wiederholte Charlie.
»Ein Scherz?«, fragte Mama fassungslos. »Ein Scherz soll das gewesen sein? Ich kann daran jedenfalls nichts komisch finden!«
»Ach, Maggie«, tröstete Dad, »reg dich doch nicht auf! Sie ist in Sicherheit, und das ist die Hauptsache! Wir schauen mal vorbei und besuchen sie, was?«
»Drei Tage voller Sorgen und drei schlaflose Nächte! Und alles bloß, weil sie sich einen Spaß machen wollte!«
Mama putzte sich die Nase. »Und nicht einmal angerufen hat sie! Ich meine, zuerst einmal muss sich Avril entschuldigen! Sie weiß ja, wo sie uns finden kann!«

Sie stand auf und warf die Glühbirne in den Abfalleimer. Dann ging sie zum Spültisch hinüber und bearbeitete das Metall heftig mit einem Küchentuch.
Charlie hielt den Zeitpunkt nicht für besonders günstig um Avrils neue Frisur zu erwähnen.
»Hier sind deine Briefmarken, Mama«, sagte er.
»Du bist ein Schatz!«, schniefte seine Mutter ohne ihn dabei anzusehen. »Geh doch bitte mal in den Speiseraum und sieh nach, ob die Schwestern mit ihrem Tee fertig sind.«
Charlie schaute seinen Dad an.
»Mit den Kartoffeln werde ich schon allein fertig«, sagte der seufzend.

»Die Schwestern« waren Miss D. Lacey und Miss P. Lacey. Doris und Peggy. Sie waren ein fester Bestandteil des Jahresplans. So wie der 24. Dezember immer Weihnachten war, so waren die beiden letzten Septemberwochen immer die Ferien der Schwestern.
Charlie stellte sie sich als zwei Pudel vor. Beide hatten sie kunstvoll frisiertes, lockiges Haar. Jeden Tag brachen sie gemeinsam zu ihren Ausflügen auf. Doris war dünn, Peggy nicht.
»Hallo, Charlie! Hattest du einen schönen Schultag?«, fragte Peggy und blickte von den Ansichtskarten auf, die sie gerade schrieb.
»Ja, danke«, antwortete Charlie. »Vor allem, als ein Nilpferd auf den Schulhof gestürmt kam und Mr. Pickering mitgenommen hat.«
Das war ein Spiel. Er hatte es kürzlich eingeführt um seine Antworten etwas weniger langweilig zu machen, wenn ihm täglich dieselbe Frage gestellt wurde.

»Wirklich?« Peggy lachte. »Ach, ich wünschte, wir hätten so etwas in unserer Schulzeit auch erlebt. Aber bei uns ist niemals etwas Aufregendes passiert.«
Doris verdrehte die Augen himmelwärts.
»Immerhin hatten wir eine Lehrerin, die wie ein Nilpferd aussah«, sagte sie. »Erinnerst du dich noch an Miss Bollinger, meine Liebe?«
»Oh ja, du hast Recht!«, bestätigte Peggy lachend.
Charlie lächelte, ließ die beiden Schokoladenkekse von den Untertassen in seiner Tasche verschwinden und trug das Tablett hinaus.
»Behalt bitte die Kartoffeln im Auge!«, rief ihm seine Mutter durch die Hintertür zu.
Er stellte das Tablett ab, griff zum Hundemagazin, lehnte sich über den Herd und tat so, als ob er die Kartoffeln beobachtete, während er in Wirklichkeit las.
Mama und Dad räumten den Garten auf. Der größere Teil war gerodet und asphaltiert worden um einen Parkplatz für die Gäste zu schaffen. Übrig war nur noch ein kleines gepflastertes Viereck mit ein paar Geranienkübeln und ein paar weißen Tischen und Stühlen. Dort konnten die Gäste sitzen, wenn ihnen danach war.
Dieser Garten wurde fast täglich von schlimmen Vandalen verwüstet. Sie hinterließen ihre unfeinen Botschaften überall: auf den Tischen, den Stühlen und den Pflastersteinen. Große, kreischende, flügelschlagende, schmutzige Vandalen: die Seemöwen.
Charlie wandte sich wieder seiner Zeitschrift zu und las etwas über die Körpersprache der Hunde: Wie man einen Hund »lesen« konnte, je nachdem, wie er stand oder sich duckte. Wie man seine Stimmung daran erkennen konnte, ob er den Schwanz hängen ließ oder

aufrichtete, ob er ihn still hielt oder wedelte. Wie man beurteilen konnte, ob er zutraulich oder misstrauisch war. Charlie konnte das alles gut für ein Kapitel brauchen, das er schreiben wollte. Die Überschrift stand schon fest:

Hundesprache
Wie du erkennen kannst,
was dein Hund denkt

Auch ein witziges Kapitel wollte er demnächst schreiben:

Woran erkennst du,
dass dein Hund hungrig ist?

Er hatte vor, einen Hund zu zeichnen, der mit Messer und Gabel in den Pfoten am Tisch saß und missmutig auf einen leeren Teller starrte und ...

Ein plötzliches blubberndes Geräusch brachte Charlies Gedanken zum Stillstand. Kochendes Wasser sprudelte aus dem Kartoffeltopf. Schnell drehte er den Gashahn herunter und holte ein Küchentuch um das Wasser aufzuwischen.

Charlie hob den Kopf. Eben war das Wort »Avril« gefallen. In ziemlich wütendem Ton. Er sah, dass seine Mutter, die gerade einen Tisch scheuerte, mit dem Zeigefinger im rosigen Gummihandschuh vor Daddys Gesicht herumfuchtelte. Charlie konnte zwar nicht hören, was sie sagte, aber erraten konnte er es. Dad spritzte unbeirrt die beschmutzten Steine ab.

Charlie dachte: Ich könnte auch ein Kapitel schreiben:

Wie du erkennen kannst, was deine Eltern denken.

Charlie aß sein Abendbrot in der Küche. Mama und Dad würden erst später essen, wenn Doris und Peggy bedient waren.

Im Augenblick stand Dad am Telefon. »Diese Woche?«, sagte er. »Ich bin nicht ganz sicher, ob wir Sie unterbringen können. Lassen Sie mich nachsehen. Ja, Sie haben Glück! Wir haben gerade eine Absage bekommen und jetzt können wir Ihnen ein Familienzimmer anbieten mit...«

So ein Heuchler!, dachte Charlie. Abgesehen von den Schwestern gab es für den Rest des Monats nur noch eine einzige Buchung.

Mama füllte gerade kleine Dessertschüsseln mit Biskuitpudding und stellte eine davon vor Charlie.

»Mr. und Mrs. Biggins, eine sechsköpfige Familie. Vater, Mutter und vier Kinder«, freute sich Dad, nachdem er den Hörer aufgelegt hatte. »Sie kommen am Donnerstag und bleiben eine Woche.«

»Ich habe gesehen, dass am Hotel ›Seehafen‹ das Besetztschild hängt. Aber die haben jetzt ja auch Bäder für alle Zimmer. Jeder will heute ein Zimmer mit Bad. Wenn ich im Lotto gewinne, dann lasse ich sofort Bäder und Toiletten in alle Zimmer einbauen und neue Teppichböden verlegen!«

»Ach was!«, spottete Dad. »Wenn ich im Lotto gewinnen würde – dann könntest du deine Bäder vergessen. Und das ganze Haus. Wir würden fortziehen. Irgendwohin, wo es warm ist. Vielleicht nach Australien. Da würde ich gern leben.« Er lehnte sich mit verschränkten Armen an den Spültisch und schaute zur Decke, als könnte er dort goldene Strände und einen wolkenlosen Himmel sehen.

»Vergiss nicht die Haie!«, warf Charlie ein.

Mama brachte den Schwestern das Dessert.

Charlie trennte sorgfältig das grüne Gelee von den Biskuits in seiner Schale. Gelee hatte er noch nie ausstehen können. »Das fühlt sich so an, als ob man Schnecken schlucken müsste«, hatte er seiner Mutter schon hundertmal erklärt.

Mama kam wieder, setzte sich, griff nach dem Hundemagazin und blätterte darin. In Charlies Brust keimte ein winziger Hoffnungsfunke. Vielleicht war jetzt der richtige Augenblick um ein paar Andeutungen fallen zu lassen.

»He, Mama!«

»Hm?«

»Du weißt doch, dass ich in zwölf Wochen und sechs Tagen Geburtstag habe, und da habe ich gedacht ...«

»Nein«, sagte Mama ohne aufzublicken. »Nein, nein, nein, nein, nein!«

»Du weißt doch noch gar nicht, was ich fragen will?«, protestierte Charlie.

»Ich kann Gedanken lesen«, erwiderte sie und schlug eine Seite um. Dann sah sie ihn an, tippte ihm auf die Stirn und sagte: »Genau dort kann ich die Worte lesen. Wie in Leuchtbuchstaben steht dort: KRIEGE ICH EINEN HUND?«

»Nein, das steht überhaupt nicht da!«, behauptete Charlie. »Da steht klar und deutlich: HÄTTEST DU ETWAS DAGEGEN, WENN ICH EINEN HUND HÄTTE? Hast

du's gehört, Dad? Mama hat nein gesagt. Endlich hat sie nichts mehr dagegen, dass ich einen Hund bekomme!«, grinste er.
Er schwenkte begeistert die Arme wie ein großer Sieger. Dad lachte.
»Gut gemacht, Charlie!«, sagte er.
»Nun ermutige ihn nicht auch noch!«, wehrte Mama ab. Sie deutete auf die Zeitschrift. »Das ist ein gutes Blatt«, sagte sie, »und man findet sehr kluge Ratschläge darin!«
Charlies Hoffnungsfunke wuchs zu einer kleinen Flamme.
»Hör zu!«, sagte Mama. »Hier steht: ›Bettle niemals bei deinen Eltern um einen Hund. Hunde brauchen sehr viel Zuwendung, Zeit, Training und Auslauf. Wenn nicht jeder in deiner Familie ebenso gern wie du einen Hund haben möchte, dann verzichte lieber darauf. Ein Hund soll Freude und Vergnügen bringen, nicht Ärger und Streit‹. Und damit ist der Fall für mich erledigt«, schloss Mama und lehnte sich zurück.
Die kleine Hoffnungsflamme flackerte und verlosch. Charlie sah seinen Dad Hilfe suchend an.
»Hör auf deine Mutter«, sagte der achselzuckend.
»Aber ich würde mich ja um ihn kümmern! Ich würde mit ihm spazieren gehen, so oft er will. Ich würde ihn dressieren und alles. Kein Mensch weiß mehr über Hunde als ich! Versuch es doch mal! Du kannst mich alles fragen, was du willst. Frag mich, wie viel kleine Hunde fressen – los, frag mich! Frag mich, wie man dafür sorgt, dass ein Hund stubenrein wird! Guck, ich kann's dir zeigen! Du nimmst ein Zeitungsblatt ...«
Er zog die Hundezeitschrift unter Mamas Arm hervor.
»Und dann ...«

»Aber es sind auch eine Menge Ausgaben damit verbunden, Charlie«, sagte sein Dad. »Tierarztrechnungen, Impfungen und was weiß ich noch alles!«
»Und ich müsste mich um den Hund kümmern, wenn du den ganzen Tag in der Schule bist«, sagte Mama. »Ich habe auch so schon mehr als genug zu tun. Und vergiss nicht, Charlie, wir haben hier ein Gästehaus und ich kann bei den Gästen kein Risiko eingehen. Sieh dir doch nur mal den Hund weiter unten in der Straße an. Der verbellt alles, was sich bewegt.«
»Weil er eben ein guter Wachhund ist«, wandte Charlie ein.
»Gestern hat er eine Chipstüte angebellt!«, antwortete Mama.
»Er hat sich eben bedroht gefühlt«, sagte Charlie.
»Und die gute alte Mrs. Detty hat er umgeworfen, als sie für die Lebensrettungsgesellschaft sammeln wollte. Und dann hat er ihr so das Gesicht geleckt, dass sie beinahe erstickt wäre.«
»Weil er es wieder gutmachen wollte«, erklärte Charlie. »Das war Mund-zu-Mund-Beatmung!«
»Und weißt du noch, wie er den Fensterputzer gekidnappt hat?«, fuhr Mama fort. »Fast zwei Stunden konnte der nicht von seiner Leiter!«
»Weil er ihn für einen Einbrecher gehalten hat«, warf Charlie ein. »Und wenn es nun wirklich ein Einbrecher gewesen wäre, dann wäre der Hund plötzlich ein Held gewesen!«
»Und hast du dir den Garten einmal angesehen? Wie eine Mondkraterlandschaft! Und dann ist da ja auch noch die Frage der Hygiene. Hunde stecken ihre Nasen in Sachen, an die ich noch nicht einmal denken möchte.

Nein, nein, vielen Dank! In meine Küche kommt kein Hund! Kein Hund zerkratzt meine Teppichböden! Kein Hund verstreut hier Flöhe und Haare und wer weiß, was sonst noch alles! Und keiner schnüffelt hier an den Hosen der Gäste!«
»Das heißt also ›nein‹?«, erkundigte sich Charlie.
Mama schüttelte verzweifelt den Kopf.
»Und was ist mit Daddy? Der muss doch wohl auch Haare verstreuen. Die kahle Stelle auf seinem Kopf wird immer größer. Warum verbannst du ihn nicht auch aus deiner Küche?«
Dad lachte.
»Und wie wär's mit Weihnachten?«, fragte Charlie.
»Vielleicht, wenn wir im Lotto gewinnen, Charlie«, scherzte Dad.
»Das würde auch nichts ändern«, entgegnete Charlie düster. »Gib es nur zu, Mama, du bist eine Hundehasserin!«
»Ich kann nichts dafür, Charlie. Tut mir Leid. Ich bin überhaupt nicht für Haustiere, aber Hunde habe ich noch nie leiden können. Es kommt kein Hund in unser Haus, das wäre auch dem Tier gegenüber nicht fair. Das müsstest doch gerade du am besten wissen!«
Charlie entschied, dass ein wenig Körpersprache jetzt nützlich sein könnte. Dazu brauchte er sich gar nicht besonders anzustrengen. Ganz elend stand er von seinem Stuhl auf, mit gesenktem Kopf und hängenden Schultern. Er schlich zur Tür und trug die ganze Last eines hundelosen Lebens mit sich.
»Da ist wieder die verdammte Möwe!«, rief Dad aus und spähte aus dem Fenster. »Es ist dieselbe, ich schwöre es! Seht ihr, sie macht sich über mich lustig!«

Er klopfte an die Scheibe und schrie: »He, verschwinde!« Die Seemöwe lief mit kecken Schritten über den Tisch und spähte herausfordernd durch das Fenster. Eine zweite Möwe kam herabgeschwebt und setzte sich neben sie.
»Husch! Husch!« Dad lief hinaus und klatschte in die Hände.
Die beiden Seemöwen warteten bis zur letzten Sekunde, ehe sie aufflatterten. Dabei krächzten sie » äh ... ä ... äää«, als wollten sie Dad auslachen.
»Seht ihr das? Es ist unglaublich!« Dad deutete auf den Schmutz, den die Vögel auf dem Tisch hinterlassen hatten.
»Wenn wir einen Hund hätten ...«, fing Charlie an.
»Wir brauchen keinen Hund«, schrie Dad. »Wir brauchen ein Maschinengewehr!«
»Ich gehe zu Scottie«, sagte Charlie und verschwand, bevor Mama sich eine neue Arbeit für ihn ausdenken konnte.

3

Warum lief gestern ein Hund in roten Stiefeln durch die Stadt?

Seine schwarzen mussten gerade frisch besohlt werden.

Als Charlie eben in die Jubilee Road einbiegen wollte, sah er Lee Trenchers Bruder Denny aus dem Videoshop kommen. Sofort drehte Charlie ab und ging den längeren Weg über die Victoria Street zu Scottie.
Dabei war Denny gar nicht so sehr groß. Bloß kräftig gebaut. Und stark. Wie ein verkleideter Bullterrier. In einem strammen schwarzen T-Shirt, Jeans, roten Hosenträgern und großen roten Stiefeln. Charlie wusste, dass Denny hinter ihm her war, denn Lee hatte es ihm angedroht.
»Ich hab meinem Bruder erzählt, wie du mich genannt hast«, hatte Lee gesagt und sein großes, blasses Gesicht dicht vor Charlies Nase gehalten. Sein Atem hatte nach Chips mit Salz und Essig gerochen.
Lee aß dauernd Kartoffelchips. Kein Wunder, dass er so wabbelig war. Eine Kreuzung zwischen einer Bulldogge, einem Schwein und einem Wackelpudding, fand Charlie.
»Er ist ganz schön sauer«, hatte Lee mit einem bösartigen Lächeln hinzugefügt. »Und er kriegt dich bestimmt!«

Dreimal war es Charlie jetzt schon gelungen, einer direkten Begegnung mit Denny auszuweichen. Am Sonntag hatte er ihn zusammen mit seinem Bruder Lee bei den Buden am Strand gesehen. Da hatte er sich schnell hinter dem Stand der Wahrsagerin versteckt.

Charlie erreichte Scotties Haus. Mr. Scott öffnete. »Hallo, Charlie!«, sagte er und rief dann die Treppe hinauf: »Graham! Charlie ist da!«

Grahams langes Gesicht und sein struppiges schwarzes Haar tauchten über dem Treppengeländer auf. Er blies einmal kräftig in seine Mundharmonika und verschwand wieder. Charlie lief die Treppe hinauf und folgte ihm in sein Zimmer. Das Mikadospiel, das sie vorige Woche gespielt hatten, lag noch verstreut am Boden, gleich daneben ein unvollendetes Star-Wars-Puzzle, ein paar Comic-Hefte, eine Karte von Alton Towers, ein Teller mit den Resten eines belegten Brötchens und schließlich einige umgestülpte Keksbüchsen, Eiscremekartons und ein alter Eimer, die alle zusammen Scotties Schlagzeug waren. Charlie drehte kurz an den Hebeln des Tischfußballspiels und hockte sich dann auf den Eimer.

»Meine Mama hat ja keine Ahnung, wie froh sie sein kann mich zu haben«, sagte er und schaute sich um. »Ich wünschte, sie könnte sich einmal dein Zimmer angucken. Kann ich ein Foto davon haben?«

Scottie saß auf seiner Bettkante, die langen Beine weit von sich gestreckt. Er erinnerte Charlie an einen jungen Windhund. Jetzt beugte er sich ein wenig vor, führte die Mundharmonika an die Lippen, wölbte die Hände darum, schloss die Augen um sich zu konzentrieren

und blies eine halbe Minute lang mächtig laut. »Wie heißt die Melodie?«, fragte er, als er fertig war.
»Welche Melodie?«
»Yellow submarine«, erklärte Scottie.
Charlie ging darauf nicht weiter ein. »Auf dem Weg hierher habe ich Denny Trencher gesehen«, sagte er. »Aber er hat mich nicht entdeckt, weil ich einen schnellen Haken geschlagen habe.«
»Das war schon ziemlich blöd von dir, ausgerechnet Dennys Bruder ein fettköpfiges Fliegenhirn zu nennen«, sagte Scottie kopfschüttelnd. Er spielte einen Tusch auf seiner Mundorgel und ließ ein heftiges Ein- und Ausatmen folgen.
Charlie sah das Bild von Lee Trenchers grinsendem Gesicht vor sich.
Du Fliegenhirn! Du blödes, fettköpfiges Fliegenhirn!, hatte er wirklich nur ganz leise gemurmelt, damit seine Lehrerin, Miss Trimley, es nicht hörte.
Wenn er das nur nicht gesagt hätte! Und er hätte es ja auch gar nicht gesagt, wenn Lee ihm nicht sein funkelnagelneues Wallace-und-Gromit-Lineal zerbrochen und dann grinsend gesagt hätte, er hätte bloß mal ausprobieren wollen, ob es sich gut biegen ließe. Und das wiederum hätte überhaupt nicht passieren können, wenn Miss Trimley Lee nicht von Jamila und Carla fort und an Charlies Tisch gesetzt hätte. Und das wäre nicht passiert, wenn Lee nicht so getan hätte, als wollte er den beiden Mädchen mit einem kleinen Spiegel unter die Röcke gucken um zu sehen, was sie für Schlüpfer anhätten. Und das wäre nicht passiert, wenn Miss Trimley nicht Taschenspiegel verteilt hätte, weil sie in der Mathestunde etwas über Symmetrie erklären wollte.

Dieser Lee konnte einem schrecklich auf die Nerven gehen! So sehr, dass man ihn unbedingt ein Fliegenhirn nennen musste. Es ist schon fast unheimlich, dachte Charlie, wie immer ein Ding zum nächsten führen kann. Wie hätte jemand ahnen können, dass der Matheunterricht dazu führen würde, dass Denny Trencher jetzt hinter ihm her war!

»Das musst du aber erkennen!«, sagte Scottie, nachdem er seinen nächsten Vortrag auf der Mundharmonika beendet hatte. Er klopfte sein Instrument aus und ein Spuckeregen ergoss sich über den Teppich und Charlies linken Schuh.

»Kommet, ihr Hirten?«, schlug Charlie vor.

»Happy birthday!«, behauptete Scottie.

»Vielen Dank«, entgegnete Charlie, »aber du bist ein bisschen früh dran. Ich habe übrigens meine Mutter mal wieder gefragt, ob ich einen Hund kriege.«

»Und was hat sie gesagt?«

Charlie seufzte schwer.

»So ein Pech!«, sagte Scottie mitfühlend. »Aber ich weiß sowieso nicht, warum du überhaupt gefragt hast. Sie wird ja doch niemals nachgeben, oder? Deine Mutter doch nicht!«

»Aber ich werde auch nicht nachgeben«, versicherte Charlie. »Ich bin wie ein Terrier: zäh, furchtlos und beharrlich!«

»Was ist beharrlich?«, fragte Scottie.

»Wenn man nicht nachgibt«, erklärte Charlie.

Scottie lehnte sich zurück und schaute zur Decke hinauf.

»Hast du es schon mal mit Dauerbetteln versucht?«, fragte er. »Betteln und jammern, das klappt manchmal. Sie geben nach, nur damit du endlich still bist.«

»Aber nicht meine Mama«, erwiderte Charlie düster.
»Und wenn du sie nun auf Knien schluchzend anflehen würdest oder so was?«
»Keine Chance.«
»Und wenn du ihr alles Mögliche versprichst? Zum Beispiel, dass du dir niemals wieder etwas wünschen wirst, dass du dein Zimmer immer aufräumst, dass du das Geschirr spülst, dass du den Tisch deckst, dass du den scheußlichen Pullover anziehst, den deine Tante Janet dir gestrickt hat ...«
»Das tue ich doch sowieso schon alles«, seufzte Charlie.
»He!«, sagte Scottie plötzlich und richtete sich auf. »Da fällt mir etwas ein. Ich hab's in der Zeitung gelesen.« Er beugte sich vor um Charlie näher zu sein. »Da war ein Junge, verstehst du? Der wollte unbedingt einen Hund haben, aber seine Eltern waren nicht einverstanden. Und dann fällt er eines Tages von einer Klippe oder so etwas und er muss ganz schnell ins Krankenhaus. Er liegt im Koma oder wie das heißt, verstehst du? Wochenlang sitzen sie an seinem Bett. Sie spielen seine Lieblingsmusik, reden mit ihm, schleppen alle seine Freunde an ... Nichts. Kein Piep. Die Ärzte sagen, dass es wahrscheinlich hoffnungslos ist. Er würde niemals wieder aufwachen, würde zu einem kleinen alten Mann werden und immer noch im Koma liegen. Und dann fällt seinen Eltern etwas ein, verstehst du? Wenn sie ihm vielleicht einen Hund schenken würden ...«, Scottie spielte einen Hund, ließ die Hände baumeln und die Zunge hängen und hechelte heftig ... »Also, wenn er einen Hund kriegen würde, das könnte vielleicht helfen. Die Ärzte meinen, versuchen könne man es ja, aber sie sollten sich lieber keine großen Hoffnungen machen.

Also kaufen sie einen Hund und bringen ihn zu dem Jungen. Und der Hund leckt ihm das Gesicht und was meinst du, was dann passiert ist?«
Scottie legte eine kleine Pause ein um die Wirkung zu erhöhen, aber nicht lang genug um Charlie Gelegenheit zu einer Antwort zu geben.
»Der Junge schlägt die Augen auf!« Scottie schloss die Augen und riss sie wieder auf um den Vorgang zu verdeutlichen. »Koma vorbei, Junge okay, Junge kriegt Hund, alle sind mächtig froh. Toll, was?«
Scottie sah Charlie erwartungsvoll an und hoffte auf ein Lob für seinen genialen Plan.
»Du meinst also«, begann Charlie zögernd, »du meinst, ich brauche mich einfach nur von einer Klippe zu stürzen?«
»Es muss ja nicht gleich eine Klippe sein«, meinte Scottie. »Ein Fensterbrett tut's auch oder ein Schuppen, meinetwegen sogar ein Kleiderschrank.«
»Aber nur so, dass ich mich dabei nicht umbringe, stimmt's? Nur genug für ein Koma. Ein Koma, das durch einen leckenden Hund geheilt werden kann. Habe ich das richtig verstanden?«
Scottie verzog den Mund und runzelte die Stirn, als wollte er sagen, die Sache sei vielleicht nicht so ganz einfach, aber doch immerhin einen Versuch wert.
Charlie stellte sich seinen Sturz von der Klippe vor. Sein Körper fiel wie eine Stoffpuppe von einem Felsvorsprung zum nächsten. Steine aller Größe begleiteten seinen Sturz. Er hörte, wie er mit einem dumpfen Geräusch aufschlug. Er hörte es wirklich und spürte genau, wie gleich darauf ein großer Felsbrocken auf ihn fiel. Das gab wieder ein dumpf platschendes Geräusch. Und er

lag auf dem Boden wie eine zerquetschte Fliege. Es würde lange dauern, ihn vom Boden abzuschaben.
»Das ist aber ziemlich gefährlich, Scottie«, sagte er.
»Du könntest ja einfach so tun als ob«, platzte Scottie heraus, als wäre es ihm gerade eben erst eingefallen. »Du fällst nur ein kleines Stück, vielleicht nur eine halbe Treppe hinunter. Dann stöhnst du und starrst vor dich hin, als könntest du keinen Menschen mehr erkennen. Du lässt den Kopf seitwärts hängen – so, verstehst du? Und dann schließt du die Augen und lässt sie zu und antwortest auf keine Frage.« Er ließ sich wieder zurücksinken, die Augen noch immer geschlossen. »Verstehst du?«
»Ich glaube nicht, dass ich ein Koma spielen könnte. Jedenfalls nicht wochenlang, Scottie. Das wäre ja todlangweilig. Und dann stechen sie dich mit Nadeln und wer weiß, was noch alles. Sie ernähren einen durch die Adern. Wie meinen Großvater. Man kann ja nicht einfach bloß so daliegen, oder? Das wäre unmöglich! Irgendwann würde man doch zucken oder ›Aua‹ sagen. Eine Folter wäre das. Und selbst dann würde meine Mutter bestimmt immer noch keinen Hund holen. Sie hasst Hunde!«
Scottie gab sich seufzend geschlagen, griff nach seiner Mundharmonika und fuhr mit den Lippen daran entlang.
»Weißt du, dass Hunde Geräusche hören, die kein Mensch hören kann?«, fragte ihn Charlie.
»Das weiß doch jeder.«
»Und ihr Geruchssinn ist hundertmal stärker als beim Menschen!«
»Ja, klar.«

»Aber du hast bestimmt noch nicht gewusst, dass eine Hundenase zweihundertzwanzig Millionen Riechzellen hat, die von uns Menschen aber nur fünf Millionen.«
Scottie musste zugeben, dass er das noch nicht gewusst hatte. Er setzte seine Harmonika an die Lippen und blies ein paar Mal auf und ab, ehe Charlie mit weiteren interessanten Informationen aufwarten konnte.
»Ich glaube, meine Mama hat auch zweihundertzwanzig Millionen Riechzellen in der Nase«, sagte Charlie seufzend, als Scottie fertig war. »Übrigens, ich habe dir ja noch gar nicht erzählt, dass ich Avril gefunden habe! Sie arbeitet in der Werkstatt von Mr. Quix.«
»Wirklich?«, fragte Scottie.
»Sie wohnt in der Stanley Street. Los, komm! Wir besuchen sie!«

4

**Was tut der Mann im Stehen,
die Frau im Sitzen und der Hund
auf drei Beinen?**

Die Hand geben.

Charlie und Scottie standen vor Avrils Haustür. Eine große rote Katze mit einem zerfetzten Ohr beäugte sie von einem alten Autositz aus, der verlassen in dem schmalen Vorgartenstreifen stand. Es gab sechs Klingelknöpfe, unter die mit Tesafilm Namen geklebt waren. Auf keinem davon stand Avril Sparks. Charlie drückte auf den obersten Knopf und wartete. Nichts. Er spähte durch den Briefkastenschlitz ins Haus, aber er konnte nur haufenweise Müllsäcke erkennen. Dann versuchte er es mit dem zweiten Knopf. Dann mit dem dritten. Endlich wurde die Tür geöffnet.
»Ist Avril da?«, fragte Charlie.
»Weiß nicht. Warte mal!«, sagte ein großer Junge mit Pferdeschwanz und verspiegelter Sonnenbrille. »Avril!«, rief er die Treppe hinauf.
»Ist ausgegangen!«, rief eine andere Stimme zurück.
»Abends hat sie einen Job bei den Amüsierbuden«, sagte Charlie. »Komm, wir versuchen es da!«
Vor ihnen schnüffelte ein großer schwarzweißer Hund um eine Telefonzelle herum. Eine dicke Frau mit einem kurzbeinigen braunen Hund näherte sich. Der Braune

sah den Schwarzweißen, kam auf ihn zugeschossen und schleifte dabei seine Leine hinter sich her.
»Kim! Kim! Bei Fuß, mein Liebling!«, rief die dicke Frau und rannte keuchend hinter ihrem Hund her.
Der Hund beachtete sie nicht weiter.
»Schlecht erzogen!«, stellte Charlie kopfschüttelnd fest. »Man muss immer die Kontrolle über seinen Hund behalten. Aber der da, der macht ja mit seinem Frauchen, was er will.«
»Kim, komm zu Frauchen! Hier, Kim!«, rief die Frau.
»Die Stimme muss so etwas wie eine unsichtbare Leine sein«, sagte Charlie.
Die beiden Hunde betrachteten sich neugierig.
»Ki-im!«, versuchte es die Frau nochmals und stemmte die Hände in die Hüften.
Als sie ganz nahe heran war, jagte ihr Hund plötzlich davon und der Schwarzweiße folgte ihm.
»Kim! Bei Fuß!«, rief die Frau wieder.
Ohne sie zu beachten rasten die beiden Hunde weiter und blieben erst in sicherer Entfernung stehen. Der struppige schwarzweiße Hund beschnupperte jetzt höchst interessiert das Hinterteil des braunen.
»Ein gut erzogener Hund gehorcht Befehlen«, stellte Charlie fest.
»Schau dir das an!«, sagte Scottie und verzog die Nase. »Ein Hund möchte ich wirklich nicht sein. Pfui. Ist das ein Hundehobby? Ich meine, dass einer den Hintern des anderen beriecht? Igitt! Besonders wenn die Nase noch hundertmal feiner ist!«
»So lernen Hunde sich eben kennen«, sagte Charlie. »Die Menschen geben sich die Hände und Hunde beschnüffeln sich.«

»Da kann ich nur sagen: Ein Glück, dass wir keine Hunde sind«, meinte Scottie. »Besonders für die Königin! Stell dir vor: Da stehen Hunderte von Menschen und wollen ihr die Hand geben und sie muss hinter ihnen entlanggehen und an ihren Hosen riechen!«
Charlie fing an zu lachen und konnte gar nicht wieder aufhören. Scottie lachte mit. Allein die Vorstellung war einfach zu komisch. Eine volle Minute lang konnten sie sich nicht wieder beruhigen. Dann lehnten sie sich an die Wand um sich zu erholen.
»Ja, aber andererseits«, sagte Charlie, nachdem sie sich wieder gefasst hatten, »wenn wir Hunde wären – also erst einmal brauchten wir nicht zur Schule zu gehen. Keine Diktate, keine Hausaufgaben, keine Sorgen. Baden nur dreimal im Jahr.« Er rannte auf einen Pommes-frites-Karton zu und trat mit dem Fuß danach.
»Wenn ich groß bin, habe ich bestimmt einen Hund«, erklärte er. »Vielleicht werde ich sogar Schäfer!«
»Und wenn ich groß bin«, verriet Scottie, »dann habe ich einen Kuchenladen. Und ich spiele Mundharmonika!«
Er zog sein geliebtes Instrument aus der Tasche und lockte ein paar Töne daraus hervor.
»He, so spät kann es doch noch gar nicht sein«, sagte Charlie, als sie an der Blumenuhr vorbeikamen. »Ich muss nach Hause. Dann besuchen wir Avril eben ein andermal.«
»Gleich morgen früh schreiben wir eine Französischarbeit«, stöhnte Scottie, während sie heimgingen.
»Le chien est noir«, sagte Charlie und deutete auf einen schwarzen Hund, der auf sein Pommes kaufendes Herrchen wartete.
»Oui«, bestätigte Scottie.

Dad sah in der Küche fern und Mama wischte den Boden auf.
»Ich muss noch für die Französischarbeit üben«, sagte Charlie, ehe seiner Mutter irgendeine Arbeit für ihn einfallen konnte. »Ich war mit Scottie bei Avril«, erzählte er, während er sein Französischbuch aus der Tasche nahm.
Mama unterbrach ihre Arbeit. »Hat sie etwas gesagt? Wann sie nach Hause kommen will, meine ich?«
»Sie war ausgegangen«, antwortete Charlie.
Dad schaltete den Fernseher aus. »Avril wird bestimmt eine gute Mechanikerin«, sagte er. »Ich habe immer gewusst, dass sie dafür begabt ist. Schon als sie gerade eben fünf Jahre alt war und den Wecker auseinander genommen hat.«
»Ich erinnere mich«, bestätigte Mama seufzend. »Danach ist er nie mehr richtig gegangen.«
»Gib mir dein Buch, Charlie. Ich will mal hören, was du kannst. Wie fragst du: Wo ist der Bahnhof?«
Und dann, als die Mutter hinausgegangen war, sagte er lächelnd: »Ich habe eine gute Nachricht für dich, Charlie!«
Charlie sah ihn fragend an.
»Die Familie, die heute Nachmittag gebucht hat...«
»Ja?«
»Die Leute bringen einen Hund mit!«
»Toll!«, sagte Charlie strahlend. Hätte er einen Schwanz gehabt, dann hätte er gewedelt. »Und was ist mit Mama? Die wird sich die ganze Zeit nicht sehen lassen, wie? Hast du es ihr schon gesagt?«
»Selbstverständlich! Froh ist sie darüber nicht gerade«, sagte Dad, »aber uns bleibt gar keine andere Wahl. Die

Geschäfte sind in diesem Jahr nicht besonders gut gelaufen. Da können wir keine Gäste wegschicken, nicht wahr? Wir hatten auch früher schon Familien mit Hunden, erinnerst du dich? Aber nachdem dieser Spaniel vor ein paar Jahren Unmengen von Flöhen eingeschleppt hat, war deine Mutter einfach immer streng dagegen.«

»Alle haben sich gekratzt wie verrückt«, sagte Charlie.

»Erinnere mich lieber nicht daran«, antwortete Dad.

»Was für einen Hund bringen sie denn mit?«

»Ich habe nicht danach gefragt. Nicht am Telefon. Ich wollte es deiner Mutter einfach immer schonend beibringen. Sie war doch etwas niedergeschlagen. Wegen Avril und überhaupt.«

Aus dem Garten war ein lautes Kreischen zu hören. Dad sprang auf und Charlie eilte ihm nach. Es war dunkel geworden. Mehrere Seemöwen stritten sich um ein paar Toastscheiben, die sie aus einem Abfallsack gefischt hatten. Vater und Sohn vertrieben sie, dann räumten sie das Durcheinander auf und trugen den Müllsack in den Schuppen.

»Du, Charlie«, sagte Dad und deutete zum Himmel hinauf. »Schau dir mal diese Sterne an!«

Er legte Charlie den Arm um die Schultern.

»Man fühlt sich richtig klein, findest du nicht auch?« Dad seufzte. »Dieses Licht, das Millionen Meilen weit durch das Weltall reist, ehe es bei uns ankommt!«

Sie standen nebeneinander und schauten in die nachtschwarze Unendlichkeit hinauf, die von Tausenden silberner Lichtpünktchen übersät war. Es sah aus, als wäre der Himmel mit Diamantsplittern bestickt.

»Schau mal, da, Charlie! Eine Sternschnuppe!«

Ein funkelnd goldener Strich zog sich über den Himmel.
»Wünsch dir was, schnell!« Dad packte Charlie bei der Schulter. »Wir müssen uns etwas wünschen!«
Beide starrten stumm hinauf, die Blicke auf ein Licht gerichtet, das Millionen Meilen entfernt war. Dann war es verschwunden.
»Das ist Zauberei«, sagte Charlie leise.
»Eigentlich ist das kein Stern«, erklärte ihm Dad. »Es ist ein Meteor, ein kleines Stückchen Gestein aus dem Weltraum. Es verglüht, während es durch die Lufthülle unserer Erde fliegt. Ich habe mir immer schon gewünscht einmal eine Sternschnuppe zu sehen, und jetzt ist es geschehen. Sie sollen Glück bringen. Man sagt, wenn man eine Sternschnuppe sieht und sich sofort etwas wünscht, dann geht der Wunsch in Erfüllung. Heute ist unsere Glücksnacht, mein Junge!«
Er zwinkerte ihm zu.
»Was hast du dir denn gewünscht, Dad?«
»Das sage ich dir nicht. Wenn man den Wunsch ausspricht, geht er nicht in Erfüllung«, antwortete Dad. Sie gingen ins Haus zurück.
»Dann sage ich dir auch nicht, was ich mir gewünscht habe«, sagte Charlie.
»Nein, behalte es lieber für dich. Es ist dein Geheimnis«, sagte Dad und wuschelte ihm über das Haar.

Charlie lag im Bett. Rund um ihn war es dunkel.
»Wünsch dir was, Charlie!«, hatte Dad gesagt. Und Charlie hatte sich etwas gewünscht. Mit Kopf und Herz und Seele.
Ich wünsche mir ... Ich wünsche mir einen Hund! Immer

wieder, bis das goldene Licht am Himmel verschwunden war.
Selbstverständlich hatte er dabei an einen Welpen gedacht wie immer, wenn er sich einen Hund wünschte. Ein warmes, weiches, zappelndes, knuddliges Hundejunges. Aber was er vor sich gesehen hatte, als er seinen Wunsch dachte, das war kein Welpe gewesen, sondern ein erwachsener Hund. Charlie hatte ihn trotz der Dunkelheit so deutlich wie im Scheinwerferlicht gesehen. Nur den Kopf des Hundes und dazu zwei Pfoten. Eine davon war schwarz. Der Hund war wie von einem Lichtkreis eingerahmt gewesen. Wie das Bullauge eines Schiffes sah das aus. Und der Hund hatte Charlie angesehen, als hätte der ihn gerade gerufen. Hier bin ich, schien er sagen zu wollen. Ein freches, struppiges Gesicht. Honigfarben. Große braune Augen. Ein gespitztes Ohr und ein herabhängendes. Er hatte Charlie mit einem wissenden Blick angesehen, hatte einmal gezwinkert, als wollte er sagen: »Wir sehen uns später!« Dann war er verschwunden.
Charlie schloss die Augen. Jetzt konnte er sich und den Hund zusammen sehen. Sie rannten am Strand entlang. Sie wälzten sich am Boden. Und dann sah er sich allein, wie er aus der Schule heimkam, um die Ecke bog – und da war der kleine Hund, der ihn am Tor erwartete. Ganz deutlich stand das Bild vor ihm. Er sah das drahtige gelbe Fell, den wedelnden Schwanz, die eine schwarze Pfote. Es war eine Art Terriermischling. Und jetzt lief er nicht irgendeine Straße entlang, sondern Charlies Straße, die Trafalgar Road. Da war das Schild vom Gästehaus Seeblick. Der Hund bog in den Seitenweg ein ...

Charlie hörte ein Kratzen am Fenster. Er öffnete die Augen. Da war es wieder. Ein deutliches Kratzen. Er sprang aus dem Bett und schob die Gardine beiseite. Und da war er! Er sah Charlie durch die Fensterscheibe hindurch an, die Pfoten auf den Fenstersims gestemmt, den Kopf zur Seite geneigt, als wollte er fragen: »Kommst du raus?«

Ein paar Sekunden starrte Charlie ganz benommen hinaus. Dann kratzte er sich am Kopf. Das kann nicht wahr sein, dachte er. Ein Blick auf die Uhr sagte ihm, dass es zehn nach fünf war. Er war eingeschlafen und jetzt war schon früher Morgen. Er zerrte die Gardine weiter zur Seite und öffnete das Fenster.

»Wo kommst du denn her?«, fragte Charlie und streichelte den Hund. Der schnupperte an seiner Hand.

Junge und Hund schauten einander an. Als hätten sie sich einfach schon immer gesucht und jetzt gefunden.

Der Hund sprang auf den Weg zurück. Er tat ein paar Schritte auf das Tor zu, dann blieb er stehen und schaute sich um, als wollte er sehen, ob Charlie ihm folgte.

»He, warte auf mich!«, rief Charlie. Ohne nachzudenken zog er Jeans und Pullover über den Schlafanzug und schlüpfte in die Turnschuhe. Dann nahm er seinen Fußball vom Regal und kletterte aus dem Fenster.

»Wohin gehen wir denn, Boy?«, fragte Charlie, als der Hund weiterlief, dann zu Charlie aufblickte und sich nach links wandte. Offenbar wusste der Hund genau, wohin er wollte. Zum Spielplatz.

Der Spielplatz war verwaist. Das Gras war nass vom Tau. Die Luft war noch kühl. Nur morgendliches Vogelzwitschern war zu hören.

Der Hund drehte sich um und stand dem Jungen gegenüber. Charlie ließ den Ball zwischen seine Füße fallen.
»Bereit, Boy?«, fragte er.
Ehe er noch den Fuß heben konnte, stürzte sich der Hund auf den Ball und fing an damit zu dribbeln. Erst mit der Nase, dann mit den Pfoten – rückwärts, vorwärts und im Kreis. Charlie rannte ihm nach. Er kam nicht an den Ball heran. Der Hund war ein Experte.
»Wo hast du denn das gelernt?«, fragte Charlie und blieb stehen um Atem zu schöpfen. »Unsere Schulmannschaft könnte einen Spieler wie dich gut brauchen!«
Noch einmal versuchte Charlie an den Ball zu kommen. Der Hund schob ihm das Leder mit der Nase zu. Hin und her flog jetzt der Ball. Der Hund sprang darauf zu und köpfte ihn zurück. Charlie musste springen um ihn zu erreichen.
Er sah auf seine Jeans hinunter. Sie waren nass und voller Grasflecke.
Mama wird über mich herfallen, dachte er. Wie soll ich ihr das bloß erklären?
Der Hund holte den Ball zwischen Charlies Füßen hervor und jagte davon. Charlie rannte ihm nach. Er lief jetzt heimwärts. Schon verschwand der Pinselschwanz im Seitenweg. Charlie folgte, doch als er das Haus erreichte, sah er nur noch den Ball. Er lag verlassen unter dem Fenster. Wo war der Hund? Die Seitentür zum Garten war verriegelt. Der Hund konnte nirgends hingelaufen sein.
In meinem Zimmer, dachte Charlie.
Er kletterte hinein und schaute sich um. Hunderte von Hunden, aber nicht sein Hund. Er guckte unter das Bett.

Er suchte in den Schubladen. Er suchte im Bett. Kein Hund. Leise öffnete er die Flurtür. Dann blickte er wieder aus dem Fenster. Nichts. Keine Spur von ihm. Charlie legte den Ball wieder in das Regal, zog die Schuhe aus und ließ sich aufs Bett fallen.
»Wo bist du, Boy?«, flüsterte er. »Wohin bist du verschwunden? Bitte, komm wieder!«
»Charlie! Charlie!«
»Was ...«
Seine Mutter schüttelte ihn.
»Es ist schon fast acht Uhr! Beeil dich, sonst kommst du zu spät zur Schule!«
Charlie blinzelte. Er lag im Bett und hatte seinen Schlafanzug an. Er stützte sich auf den Ellbogen. Jeans und Pullover hingen säuberlich gefaltet über dem Fußende des Bettes. Er griff ins Regal nach seinem Ball. Sauber und trocken. Charlie rieb sich die Augen und versuchte zu sich zu kommen. Alles ist nur ein Traum gewesen, dachte er. Aber was für ein Traum! Und was für ein Hund! Wenn er doch bloß so einen Hund haben dürfte!
»Charlie!«, rief seine Mama. »Ich sage es dir nicht noch einmal!«

5

»Herr Doktor, mein kleiner Sohn bellt dauernd wie ein Hund!«

»Seit wann tut er das denn?«

»Ach, er hat schon als Welpe damit angefangen!«

Wenn ich die Treppe hinunter und aus der Haustür komme, bevor die Toilettenspülung aufhört zu rauschen, dann geht mein Traum in Erfüllung, dachte Charlie.
Er drückte die Klinke, sprang die Treppe hinunter, griff nach seiner Schultasche und stürzte auf die Haustür zu.
»Charlie!«, rief seine Mutter.
»Wiedersehen, Mama! Tschüs, Dad!«, rief er und schlug die Tür hinter sich zu.
Geschafft! Und ganz bestimmt wird sich mein Wunsch erfüllen, wenn ich bis zur Schule kein einziges Mal auf eine Fuge zwischen den Betonplatten trete.
Er trat und hüpfte von Platte zu Platte. Irgendetwas rammte ihn von hinten, so dass er ins Straucheln geriet.
»He, pass doch auf, du Grashüpfer!«, sagte Lee Trencher und grinste gemein. »Du brauchst ja die ganze Straße für dich allein!« Dann trat er ein paar Schritte zurück. »Vergiss nicht: Denny ist hinter dir her!«
»Ratte!«, murmelte Charlie, während Lee davonlief. Er blickte zu Boden und stand genau auf einer Fuge. Mit

beiden Füßen! Missmutig bog er zu Scotties Haus ab und hörte schon an der Gartenpforte das Jaulen der Mundharmonika.
»Ich habe geübt. Den Schneewalzer«, sagte Scottie, während sie weitergingen. Er sang die Melodie mit einer ganz hohen, piepsenden Stimme vor. »Ich kann ihn schon fast perfekt. Willst du mal hören?«
»Im Augenblick nicht, danke«, antwortete Charlie.
Er platzte fast vor Verlangen Scottie von der Sternschnuppe und seinem Traum zu erzählen. Aber er konnte das Risiko nicht auf sich nehmen. Wenn er ihn aussprach, würde sein Wunsch nicht in Erfüllung gehen. Und alles hatte so echt gewirkt. Es hätte ihn überhaupt nicht überrascht, wenn der Hund jetzt plötzlich um die Ecke gekommen wäre.

In der Schule konnte sich Charlie nicht konzentrieren. Dabei war Lee wieder von seinem Tisch weggesetzt worden, an einen Platz genau vor Miss Trimley. Dort könne sie ihn besser im Auge behalten, hatte sie gesagt. Der Traumhund kam immer wieder in Charlies Gedanken gesprungen. Er würde ihn erziehen und ihm allerlei Kunststücke beibringen. Auf Radfahrten käme er natürlich auch mit. Charlie konnte ihn schon sehen, wie er mit flatternden Ohren im Fahrradkorb saß. Er würde ihm sogar zeigen, wie man Skateboard fährt.
Für seine Französischarbeit bekam Charlie allerdings nur elfeinhalb von zwanzig möglichen Punkten.

In der Mittagspause lehnten Charlie und Scottie an der Mauer und sahen den Mädchen beim Korbballspielen zu.

Charlie überlegte, ob es wohl möglich wäre, einem Hund beizubringen, wie man einen Ball in den Korb schießt. Vielleicht – ein wenig niedriger gehängt ... Der Korb natürlich, nicht der Hund.

»Besonders viel hast du heute noch nicht zu mir gesagt«, beklagte sich Scottie. »Was ist bloß mit dir los? Es ist wegen Denny Trencher, hab ich Recht? An den hast du gerade gedacht. Oder etwa schon wieder an einen Hund?«

»Irgendwie schon«, gab Charlie zu und hoffte, dass er damit noch nichts verraten hatte.

»Du musst endlich mal auf andere Gedanken kommen. Irgendwas Verrücktes machen«, sagte Scottie. »Und zufällig hatte ich heute Nacht eine ganz tolle Idee!«

»Aber es hat nichts damit zu tun, dass ich von einer Klippe fallen soll, nein?«, erkundigte sich Charlie vorsichtig. Scottie lachte und schüttelte den Kopf.

»Nein! Mit Hintern!«

Charlie grinste. »Womit?«

»Mit Hintern, das sage ich doch!«

»Ich weiß nicht so recht«, sagte Charlie zurückhaltend. Er hatte schon einige Erfahrungen mit Scotties tollen Ideen gemacht. Eine hatte dazu geführt, dass man sie beide von den Pfadfindern ausgeschlossen hatte.

»Hör zu! Gleich nach der Mittagspause haben wir Englisch, ja?«, begann Scottie. »Und da sagen wir allen anderen, dass Miss Trimley jedes Mal, wenn sie das Wort ›Buch‹ sagt, eigentlich das Wort ›Hintern‹ meint. Verstehst du? Das gibt einen Riesenspaß!«

Charlies Grinsen wurde breiter.

»Los, komm!«, drängte Scottie. »Wir müssen es den anderen erklären und die müssen es weitersagen. He, Ryan! Jamila! Carla! Winston!«

Es läutete. Alle strömten in ihre Klassen. Miss Trimley rief die Namen auf. Eine erwartungsvolle Stimmung lag über der Klasse. Der Spaß konnte beginnen. Außer für einige Mitschüler, wie zum Beispiel Alistair Beamish, der gesagt hatte, die Sache sei ihm zu kindisch und er wolle damit nichts zu tun haben.
»Also gut, Englisch«, sagte Miss Trimley. »Nehmt bitte eure Bücher!«
»Eure Hintern!«, flüsterte Scottie hinter vorgehaltener Hand.
Ein unterdrücktes Kichern war zu hören, als alle ihre Bücher auf die Tische legten. Ryan erhob sich ein wenig von seinem Platz und wackelte mit dem Hinterteil.
»Ach ja, die Übungsbücher braucht ihr auch«, fuhr Miss Trimley fort.
Die Kinder beugten sich über die Tische und versteckten ihr Lachen.
»Graham Scott!«, sagte Miss Trimley. »Ich kann dein Buch nicht sehen. Wo ist es?«
Winston murmelte: »Gleich über seinen Beinen, Miss.«
Die Klasse lachte jetzt lauthals.
Scottie konnte vor Lachen kaum sprechen. »Es ... es ist unter meinem Tisch, Miss«, brachte er endlich hervor. Sein Gesicht war rot von der Anstrengung sich zu beherrschen.
»Dann hol es hervor und zeig es mir bitte!«, verlangte Miss Trimley.
Wieder lautes Gelächter.
»Ich glaube, das sollte ich lieber nicht tun, Miss«, prustete Scottie, während er unter dem Tisch kramte.
Erneute Heiterkeit.

»Was ist nur heute mit euch los?«, fragte Miss Trimley streng. »Auf, Graham, beeil dich! Ich möchte dein Buch auf dem Tisch sehen und zwar sofort!«
Ihre Stimme ging in der unbändigen Heiterkeit der fünfunddreißig Kinder unter. Carla schrie vor Lachen. Scottie zuckte. Sogar Alistair schwankte vor und rückwärts. Winston sah fast so aus, als würde er gleich platzen.
»Hast du es endlich gefunden, Graham? Dann zeig es mir!«, verlangte die Lehrerin. Die Kinder schüttelten sich wie in Krämpfen. Miss Trimley verschränkte die Arme und ließ den Blick über die Klasse gleiten. Sie bemerkte bebende Schultern, unterdrücktes Lachen, Püffe, Grinsen und rote Gesichter.
»So, jetzt reicht es!«, sagte sie. »Stilles Lesen! Und morgen Vormittag gibt es keine Pause, damit ihr die vertane Zeit nachholen könnt!«
Charlie hatte jetzt einen Schluckauf.
»Ich werde dieser Sache mit den Büchern auf den Grund gehen«, versprach Miss Trimley und die Klasse brach fast zusammen. Scottie zitterte noch Minuten später vor Lachkrämpfen.
Miss Trimley kam der Sache auf den Grund. Lee erzählte ihr alles. Er sagte, er sähe nicht ein, dass er keine Pause haben sollte. Die ganze Sache sei schließlich nicht seine Idee gewesen. Miss Trimley machte ihn allerdings darauf aufmerksam, dass er lauter gelacht habe als alle anderen.
»Und du, Graham Scott, du kannst auch am Freitag auf die Pause verzichten und dafür den Farbenschrank aufräumen und putzen!«
»Lee ist kein Fliegenhirn«, sagte Scottie zu Charlie, als sie nach Hause gingen. »Das wäre eine Beleidigung für die Fliegen!«

»Das war aber super!«, sagte Charlie. »Es hat mich wirklich aufgeheitert, Scottie.«

»Kommst du nachher raus?«

»Ich weiß noch nicht. Kommt drauf an.«

»Dann komme ich eben zu dir«, versprach Scottie, als er nach Hause abbog.

Mama war nicht da, als Charlie heimkam. Dad sah Rechnungen durch, die vor ihm auf dem Tisch lagen.

»Ich habe heute Avril getroffen«, sagte er, »als ich zufällig an Mr. Quix' Werkstatt vorbeigekommen bin. Ich habe versucht sie zu überreden, doch einmal reinzuschauen – und Mama zu besuchen. Um alles wieder in Ordnung zu bringen.« »Und was hat sie gesagt?«, fragte Charlie und schaute in die Keksbüchse. Er stibitzte vier Kekse und steckte sie in die Tasche.

Dad schüttelte den Kopf. »Du kennst doch Avril! Wenn die sich etwas in den Kopf gesetzt hat, lässt sie sich nicht mehr davon abbringen. Sie meint, zuerst müsse Mama zu ihr kommen, nicht umgekehrt. Die beiden sind sich viel zu ähnlich!«

»Was?« Charlie sah seinen Vater überrascht an. »Das soll wohl ein Witz sein.« Er sah seine Mutter mit einer Spinnentätowierung und grünen Haaren vor sich.

»Sie sind beide dickköpfig«, erklärte Dad. »Avrils neue Frisur gefällt mir übrigens nicht besonders«, fügte er hinzu. »Wenn sie nicht aufpasst, wird sie damit alle Kunden verjagen!«

Charlie ging in sein Zimmer und zog sich um. Dann nahm er sein Ringbuch vom Regal, schlug eine neue Seite auf und schrieb:

Am Fenster war ein Kratzen zu hören. Charlies Herz setzte einen Schlag lang aus. Er hob den Kopf. Scotties Gesicht starrte ihn an. Er ließ die Zunge heraushängen, hechelte und hielt die Hände wie Pfoten vor der Brust.
»Wuff!«, sagte er.
Charlie öffnete das Fenster.
»Was hast du gesagt, Lassie?«, fragte er.
»Wuffwuff! Wuffwuffwuff!«, machte Scottie und winkte heftig mit dem Kopf.
»Was ist los?«, fragte Charlie. »Ein kleines Kind ist in den Brunnen gefallen?«
»Wuff!« Scottie nickte.
»Wo?«, fragte Charlie.
»Wuff wuff wuff! Wuffwuff!«, bellte Scottie und rollte mit den Augen.
»Am alten Bergwerk?«
Scottie hechelte und nickte.
»Lassie, da müssen wir sofort helfen!« Charlie holte seinen Fußball und ging zur Tür. Dann erinnerte er sich an die Schokoladenkekse, ging noch einmal zurück und schob sie in die Tasche seines Sweatshirts.
»Zum Spielplatz?«, fragte er, während sie die Straße überquerten.
»Einverstanden«, bestätigte Scottie.
Sie steuerten den Rasenplatz an.
»Such!«, sagte Charlie, hob einen Stock auf und warf ihn weit fort. Der Stock beschrieb einen großen Bogen und überschlug sich in der Luft. Scottie rannte, beobachtete die Flugbahn, sprang und fing den Stock mit einer Hand aus der Luft.

»Ja!«, schrie er und sprang vor Freude auf und ab.
»Guter Hund!«, lobte Charlie und streckte die Hand aus. »Komm, gutes Mädchen! Gib!«
»Ich bin kein Mädchen!«, protestierte Scottie.
»Stimmt, aber Lassie ist eines!«
»Dann bin ich eben nicht mehr Lassie. Ich bin Scottie, der Wunderhund!«
»Also gut, Scottie Wunderhund, dann gib mir den Stock!«
Scottie nahm den Stock zwischen die Zähne, schüttelte den Kopf und knurrte.
»Ich habe ›gib‹ gesagt!«, befahl Scottie und schnippte mit den Fingern. »Ein guter Hund gehorcht seinem Herrn!«
»Erscht wasch Schüschesch!«, verlangte Scottie zwischen zusammengebissenen Zähnen hindurch.
»Hä?«, fragte Charlie.
Scottie nahm den Stock aus dem Mund. »Ich will erst was Süßes«, übersetzte er und steckte den Stock wieder zwischen die Zähne.
»Du hältst dich nicht an die Regeln«, tadelte Charlie. »Einen Leckerbissen gibt es erst als Belohnung. Erst wenn du den Befehl ausgeführt hast, nicht vorher!«
»Grrrrr!«, knurrte Scottie bedrohlich.
»Okay, beruhige dich«, sagte Charlie.
»Losch, wasch Schüschesch!«, forderte Scottie nochmals.
Seufzend zog Charlie einen Schokoladenkeks aus der Tasche. Scottie sprang heran, ließ den Stock fallen und packte den Keks mit den Zähnen.
»Hast du mehr davon?«, fragte er noch kauend.
Charlie zog noch zwei weitere Kekse hervor und hielt einen auf Armeslänge von sich.

»Komm, Scottie Wunderhund!«, sagte er. »Mach schön Männchen!«
»So weit kommt's noch!«, sagte Scottie, griff beide Kekse auf einmal und stopfte sie sich in den Mund.
»He, du!«, rief Charlie entrüstet. »Einer davon war für mich!«
»Dein Pech!«, gab Scottie mit vollem Mund zurück. »Los, komm, wirf mir einen Ball zum Köpfen zu!«
Charlie warf den Ball. Scottie sprang hoch und köpfte ihn zurück. »Jaaaa!«, schrie er und reckte die Arme in Siegerpose in die Höhe. »Der Ball zappelt im Netz! Schon wieder ein herrliches Tor von Graham Scott! Der Bursche ist jeden Penny von den zwei Millionen wert, die für ihn bezahlt werden!«
»Nimm ein paar Stöcke!«, sagte Charlie. »Wir bauen ein Tor. Ich bin Torwart.«
Sie wechselten sich ab, bis Ryan und Winston auftauchten, dann spielten sie zwei gegen zwei. Winston spielte auf Ryan. Der Ball sauste vorbei. Alle liefen ihm nach. Charlie sah den Ball zu Boden fallen und weiterrollen. Scottie war voraus, Charlie knapp hinter ihm. Noch rollte der Ball. Dann blieb er plötzlich liegen. Ein großer roter Stiefel hielt ihn fest. Charlies Blick folgte dem Stiefel aufwärts bis zum Hosenbein, glitt an einem schwarzen T-Shirt hinauf, das sich um eine breite Brust spannte, und weiter über den kräftigen Nacken bis zu dem kahl geschorenen Kopf. Er schluckte. Denny Trencher starrte ihn an.
Charlie spürte, wie seine Knochen sich in grünen Wackelpudding verwandelten. Seine Beine wurden ganz weich und schwammig. Gleich würde er zu Boden sinken: ein zitternder Haufen Pudding in der Form

eines Jungen. Er warf Scottie einen Blick zu. Der sah Charlie aus den Augenwinkeln an und blinzelte nervös. Denny rollte den Ball mit dem Fuß hin und her. Er sah Charlie ungerührt an.
»Du bist doch Sparks, oder?«, fragte er.
Charlie krächzte: »Was?«
»Wer?«, fragte Scottie dazwischen. Dann grinste er. »Ach, du meinst vielleicht Charlie Sparks?«
Charlie sah ihn verständnislos an und schluckte schwer. Hatte sich etwa Scotties Gehirn auch in grünen Pudding verwandelt?
»Ja, genau den!« Denny nickte bedächtig.
»Der geht in unsere Klasse, den kenne ich!«, sagte Scottie und steckte die Hände in die Taschen um möglichst cool zu wirken. »Aber der da ist das nicht«, sagte er und deutete mit dem Daumen auf Charlie. »Das ist Alistair.« Er stieß Charlie den Daumen in die Rippen. »Sie sehen sich ein bisschen ähnlich, weißt du. Sogar unsere Lehrer verwechseln sie manchmal.«
Er grinste Denny an.
Charlie nickte heftig zustimmend. Dennys Augenbrauen sahen aus, als ob sie ihm gleich aus dem Gesicht fallen würden. Ryan kaute an seinem Daumennagel.
»Suchst du ihn?«, fragte Scottie unschuldig. »Wenn du willst, können wir ihm etwas ausrichten.
Denny wälzte die Zunge in der Backe und blickte auf Charlie hinunter. »Sagt ihm bloß, dass ich ihn suche. Das genügt schon«, antwortete er.
Charlie versuchte ein Lächeln, aber seine Lippen verfielen nur in ein krampfhaftes Zucken. Denny hob die Schultern, grinste und versetzte dem Ball einen heftigen Tritt.

Charlie rannte hinterher, Scottie folgte ihm dicht auf den Fersen, hob den Ball auf und gemeinsam rannten sie weiter.

»He, Charlie!«, rief Ryan ihnen nach. »Was wird denn aus unserem Spiel?«

Vielen Dank, Ryan!, stöhnte Charlie innerlich, während sie weiterliefen. Vielen, vielen Dank, du Hohlkopf!

Sie rannten, bis sie in Charlies Straße einbogen. Dort fielen sie außer Atem über das Geländer vom Minimarkt.

»Erinnerst du dich noch an den Film«, keuchte Charlie, »in dem die Christen mit bloßen Händen gegen Löwen kämpfen müssen? In ihren Zellen müssen sie darauf warten, dass sie zu den Löwen in den Käfig geworfen werden. Sie wissen ganz genau, dass sie keine Chance haben, aber es gibt keinen Ausweg. Genau so geht es mir. Ganz genau so!«

»Ich habe dir das Leben gerettet, und das ist der ganze Dank, den ich zu hören kriege?«, protestierte Scottie.

»Ja, stimmt, dein Einfall war toll. Erst habe ich gedacht, du wärst verrückt geworden. Ryan hat nicht so schnell geschaltet wie du, als er uns meinen Namen nachgerufen hat.«

»Vielleicht hat Denny es gar nicht gehört«, sagte Scottie tröstend, aber es klang nicht sehr überzeugt.

Charlie hing über dem Geländer und starrte auf ein Stück Kaugummi, das auf dem Pflaster klebte.

»Ich brauche gar nicht erst von einer Klippe zu stürzen«, sagte er. »Wenn ich nicht aufpasse, dann wird Denny mich noch ins Koma versetzen!«

»Vielleicht kriegst du dadurch wenigstens einen Hund«, entgegnete Scottie und richtete sich auf. »Dann schlägst du zwei Fliegen mit einer Klappe. Du brauchst dir keine Gedanken mehr um Denny zu machen und du hast deinen Hund. Das wäre doch super!«

»Ich geh nach Hause«, seufzte Charlie.

»An deiner Stelle würde ich mir einen Dobermann aussuchen oder einen Pitbull«, riet ihm Scottie, als sie sich am Gartentor trennten.

Zum Abendessen gab es Leber und gebratenen Speck. Charlie konnte Leber nicht ausstehen. Das war schon wieder ein guter Grund, warum er unbedingt einen Hund brauchte. Den konnte er dann unter dem Tisch mit allem füttern, was er nicht mochte.

»Du bist heute Abend so still, Charlie«, bemerkte sein Dad.

»Ich hasse Leber«, antwortete er.

»Hat dir Dad schon erzählt, dass die Familie Biggins einen Hund mitbringt?«, fragte seine Mutter. »Sie kommen morgen gegen Abend.«

Charlie nickte.

»Ich habe gedacht, du wärst überglücklich«, sagte sie.

»Bin ich auch.«

»Hoffentlich ist er sauber, klein und gut erzogen«, sagte sie seufzend.

»Ungefähr so wie ich«, sagte Charlie.

Mama lächelte und strich ihm über den Kopf. »Mein guter Junge«, sagte sie.

Er entschuldigte sich mit Unmengen von Hausaufgaben und zog sich in sein Zimmer zurück. Dort setzte er sich an den Tisch und schaute auf das aufgeschlagene Ringbuch. Auf der sonst noch fleckenlosen Seite las er die Worte

MEIN TRAUMHUND

Er suchte seinen Zirkel, zeichnete mitten auf das Blatt einen Kreis und in diesen Kreis den Kopf seines Traumhundes. Dann fügte er die beiden Pfoten hinzu. Sorgfältig malte er die Zeichnung mit Buntstiften aus: Das honiggelbe Fell, die großen braunen Augen, die schwarze Pfote. Der Hintergrund wurde dunkelblau. Mit dem Silberstift besprenkelte er das Blau mit Sternen. Schließlich malte er noch mit dem Goldstift einen Stern, der einen langen Schweif hinter sich her durch das Blau zog. Dann schrieb er:

> Irgendwo ist mein Traumhund. Er ist
> wie ein Teil von mir.
> Er ist in meinem Kopf.
> Wenn er bei mir wäre, dann wüsste er,
> was ich denke.
> Er wüsste, was ich fühle.
> Er wäre mein bester Freund
> (zusammen mit Scottie).
> Wir würden alles teilen und viel
> miteinander erleben.
> Wenn ich einen Hund hätte, würde ich ihn
> gegen nichts in der Welt eintauschen.

Dann malte Charlie ein Bild von sich und seinem Traumhund. Daneben malte er einen Mann, der ihm einen Koffer voll Geld hinstreckte und dem eine Sprechblase aus dem Mund quoll: »Hier, Junge! Eine Million für deinen Hund!«
Und dann zeichnete er noch eine Sprechblase für den Jungen und schrieb ein einziges, knappes Wort hinein: »Niemals!«

6

Eine Frau sagt zum Verkäufer in der Tierhandlung: »Ich hätte gern einen Hund für meinen Jungen.«

Darauf der Verkäufer: »Tut mir Leid, Tauschgeschäfte machen wir nicht.«

Am nächsten Morgen wurde Charlie wach, weil jemand auf seinem Bett saß. Es war Dad, der ihm eine Tasse Tee gebracht hatte.
»Charlie, ich muss gleich zur Arbeit. Ich wollte dir nur schnell sagen, dass ich ein Wort mit deiner Mutter gesprochen habe …«
Charlie rieb sich die Augen und richtete sich auf. »Ja?«
»Wandelndes Blatt«, sagte Dad nur.
»Das sind schon zwei Wörter!«, sagte Charlie und gähnte.
Dad stellte die Tasse auf Charlies Nachttisch ab und zog etwas aus seiner Jackentasche.
»Das hier habe ich in einer Zeitschrift in unserem Patientenwartezimmer gefunden«, erklärte er und entfaltete eine herausgerissene Seite.
»Ein ›Wandelndes Blatt‹ gehört zur Gattung der Gespenstheuschrecken. Sie sind wirklich erstaunlich! Hast du gewusst, dass es über zweitausendfünfhundert Arten von Gespenstheuschrecken gibt? Hier steht, dass sie

nur einmal in der Woche gefüttert werden müssen. Man kann sie auch züchten. Es gibt welche mit rosa Flügeln, die richtig fliegen können ...«

Charlie schaute auf die Uhr. Es war halb sieben.

»Kann das nicht warten, Dad?«, fragte er und gähnte noch einmal.

»Und was noch besser ist, Charlie, sie bellen nicht, sie riechen nicht, sie zerkratzen keine Möbel, sie haben kein Fell und verlieren keine Haare und soviel ich weiß, haben sie auch keine Probleme mit Flöhen. Wenn ich es richtig überlege, sind sie eigentlich perfekte Haustiere!«

»Dad!« Charlie seufzte.

»Und die beste Nachricht: Mama ist einverstanden! Es war nicht leicht, aber endlich hat sie doch gesagt, wenn du sie ordentlich versorgst und sie in deinem Zimmer hältst, dann könnte sie sich damit abfinden!«

Dad klopfte seinem Sohn auf die Schulter und stand auf.

»Wie wäre es damit zum Geburtstag, he? Ein Terrarium dafür könnte ich selber bauen und ein Regal auch. Das wäre keine große Sache.«

Er legte das Blatt auf den Tisch.

»Ich lasse es hier, dann kannst du ja alles selber nachlesen. Und denk einmal darüber nach, Junge!« Er zwinkerte ihm zu und ging hinaus.

Charlie ließ sich auf das Kissen zurückfallen und starrte zu dem Hund Gromit hinauf, der an der Decke klebte.

»Gespenstheuschrecken? Gespenstheuschrecken!! Oh Dad, das darf doch nicht wahr sein! Echt! Ich will keine komischen Gespenstheuschrecken. Ich will einen Hund! Kann man Gespenstheuschrecken streicheln? Kann man mit ihnen schmusen? Kann man mit ihnen spazieren gehen? Können sie einen Stock apportieren?

Kann man mit ihnen Fußball spielen? Gehorchen sie, wenn man ihnen etwas befiehlt? Ist eine Gespenstheuschrecke der beste Freund des Menschen? Nein, nichts davon! Tut mir Leid, Dad, aber ich halte überhaupt nichts davon!«

Auf dem Schulweg sah Charlie vor der Sparkasse einen Wagen parken. Ein gelblicher Hund mit einem Drahthaarfell beobachtete ihn durch das Fenster. Aufgeregt lief Charlie hin und schaute ins Auto. Der Hund knurrte und schnappte und fing an zu kläffen.

»Entschuldige, du bist der falsche Hund!«, sagte Charlie und ging weiter.

Wieder stellte er sich seinen Traumhund vor. Bei Fuß, Boy!, befahl er ihm stumm. Er konnte den Hund neben sich herlaufen sehen, mit seinem Klappohr, die Augen aufmerksam auf sein Herrchen gerichtet. Charlie ging noch ein paar Schritte weiter und blieb dann stehen.

»Sitz!«, befahl er.

Der Hund setzte sich. Charlie ging bis zur nächsten Straßenecke und wandte sich dann um. Er konnte genau erkennen, dass sein unsichtbarer Hund noch immer dort saß und auf einen neuen Befehl wartete.

»Komm!«, war sein nächstes Kommando.

Der Hund kam herangelaufen.

»Guter Hund!«, lobte Charlie.

Kurz bevor er Scotties Haus erreichte, blieb Charlie zögernd stehen. Er schaute sich um, ob ihn jemand beobachtete, dann bückte er sich und streichelte seinen Hund.

»Guter Junge!«, lobte er ihn. »Ich muss jetzt zur Schule. Sei froh, dass du damit nichts zu tun hast! Du darfst jetzt nach Hause laufen. Aber erst verabschiedest du dich!«

Der Hund setzte sich und winkte mit seiner schwarzen Pfote.
»Ab mit dir!«, sagte Charlie. »Aber dass du mir sofort nach Hause gehst!«
Er stand da und schaute seinem unsichtbaren Hund nach, der den Weg zurücklief, den sie gerade gekommen waren, bis sein Schwanz hinter der nächsten Ecke verschwand. Als Charlie sich dann wieder aufrichtete, lehnte Scottie spöttisch grinsend am Zaun.
»Ich hab es gesehen! Du hast es wieder getan, gib's zu? Du hast wieder so getan, als hättest du einen Hund. Es ist ja schon schlimm genug, wenn du mich dazu bringst, einen Hund zu spielen. Aber wenn überhaupt nichts da ist, weißt du ...«
Er schüttelte den Kopf.
»Hundsverrückt!«, sagte er. »Völlig verrückt!«

In der Pause erzählte Charlie Scottie von Dads Angebot.
»Gespenstheuschrecken!«, sagte er. »Ich verstehe ja, dass er mich aufheitern wollte, weil ich keinen Hund kriege, aber mal ehrlich ...«
Carla, Jamila und Winston kamen dazu.
»Springt eine Gespenstheuschrecke um dich herum und wedelt mit dem Schwanz, weil sie sich freut dich wieder zu sehen?«, fragte Charlie. »Leckt sie dir über die Nase?«
»Hoffentlich nicht!«, antwortete Jamila und schüttelte sich.
»Mich würde jedenfalls keiner dazu bringen, unseren Hund gegen irgendein komisches Insekt einzutauschen«, versicherte Winston. »Kann dir eine Gespenstheuschrecke vielleicht das Leben retten? Frag ihn das mal!«

»Ich kann mir jedenfalls die Schlagzeilen in der Zeitung so richtig vorstellen«, versicherte Scottie. »FURCHTLOSE GESPENSTHEUSCHRECKE RETTET JUNGEN VOR DEM ERTRINKEN!«

»TAPFERES INSEKT SCHLÄGT EINBRECHER IN DIE FLUCHT!«, kicherte Carla.

»Kannst du mit einer Gespenstheuschrecke Gassi gehen?«, erkundigte sich Charlie.

»Geh doch lieber mit Carla Gassi, Charlie«, kicherte Jamila. »Das würde dir doch bestimmt gefallen, oder, Carla?«

»Jamila!«, protestierte Carla.

»Aber du hast doch selber gesagt…«

»Halt den Mund, Jamila!« Carla wand sich und wurde etwas rot.

Als er heimkam, hatte Mama eine Menge Arbeit für Charlie. Er sollte den Kinderstuhl sauber machen, falls die Familie Biggins ihn brauchte. Und die Gartenmöbel mussten schon wieder feucht abgewischt werden.

»Heute hat noch jemand ein Zimmer reserviert«, sagte Mama zu Charlie, während er den Abfall hinaustrug. Sie bückte sich und schaute in den Herd. »Allerdings nur für ein paar Tage. Er hat geschäftlich in der Gegend zu tun. Am Samstag kommt er.«

Sie schloss den Herd und richtete sich auf.

»Hoffentlich kommt die Familie Biggins nicht zu spät«, sagte sie. »Ich habe einen Weißbrotauflauf gemacht, der schmeckt heiß am besten.«

Charlie hob gerade den Deckel von der Mülltonne, als Dad durch die hintere Gartenpforte kam.

»He, Charlie!«, sagte er. »Schau dir das mal an. Ich bin auf dem Heimweg noch einmal schnell in der Bibliothek gewesen.«
Er reichte Charlie ein Buch mit dem Titel »Gespenstheuschrecken für Anfänger« von Ivor Twigley. Er schlug ein paar Seiten um und deutete auf ein Bild. »Sieh nur diese hier an. Sie heißt ›Hetero-pterux dilatata‹.«
»Das klingt eher nach einem Dinosaurier«, sagte Charlie. Sie sah auch so aus.
»Sie stammt aus Malaysia«, erklärte Dad. »Aber hier steht ›Für Kinder nicht geeignet‹. Sie kann die langen Beine um deinen Finger wickeln und zudrücken. Hört sich ziemlich schmerzhaft an. Hast du gewusst, dass manche von ihnen Eier legen, aus denen nur weibliche Tiere werden können? Interessant, nicht wahr?«
Er blätterte weiter und erläuterte die Eigenheiten und Gewohnheiten der abgebildeten Tiere.
»Dad«, unterbrach ihn Charlie, »glaubst du, dass Gespenstheuschrecken treu sein können?«
»Nun, so kann man das wahrscheinlich nicht ausdrücken, aber ...«
»Oder können sie tapfer sein? Können sie einen Ball fangen? Können sie Fußball spielen? Können sie mich wenigstens überhaupt erkennen?«
»Nein, das nicht«, gestand Dad zu, «aber sie haben eine erstaunliche Fähigkeit sich ihrer Umgebung anzupassen. Siehst du, wie diese hier sich dem Grashalm anpasst? Und das ›Wandelnde Blatt‹ sieht doch wirklich wie ein Blatt aus, nicht wahr?«
Dad brabbelte weiter. Dass manche von ihnen ein Bein opfern könnten um Gefahren zu entkommen. Dass sie

sich mächtig recken konnten um wie ein Zweig auszusehen. Er konnte gar nicht wieder aufhören.

»Dad«, sagte Charlie seufzend, »Ich will keine Gespenstheuschrecken, okay?«

Dad machte ein langes Gesicht und Charlie merkte, dass er ihn enttäuscht hatte.

»Also gut, Dad«, gab er deshalb nach. »Kauf doch ein paar. Vielleicht ist der Gedanke gar nicht schlecht. Aber kauf sie nicht für mich, sondern für dich!«

»Ich glaube«, antwortete Dad und sah gleich wieder fröhlicher aus, »das ist eine gute Idee!«

Mama rief durch die Hintertür: »Charlie! Doris und Peggy sind gerade gekommen. Kümmerst du dich um ihren Tee, ja?«

»Hattest du einen schönen Tag in der Schule?«, fragte Peggy, als er ihnen das Teetablett brachte.

»Auf das Erdbeben während des Kunstunterrichts hätte ich gern verzichten können«, antwortete Charlie. »Alle Töpfe mit den Wasserfarben sind umgefallen. Das war vielleicht eine Schweinerei! Und Sie? Hatten Sie einen schönen Tag?«

»Ja, danke, mein Junge, wir hatten einen sehr schönen Tag, nicht wahr, Peggy?«, berichtete Doris. »Wir haben eine Kutschfahrt nach Hampton Hill unternommen. Der Wassergarten dort ist in diesem Jahr einfach wunderschön!«

Charlie schaute aus dem Fenster. Draußen war ein ziemlich heruntergekommener weißer Kombi vorgefahren. Charlie blinzelte durch die Gardine. Eine Frau schaute aus dem Autofenster auf das Schild des ›Gästehauses Seeblick‹. Sie hatte ein rundes, freundliches Gesicht und lockiges rotes Haar. Ein kräftiger Mann mit einer Baseballmütze stieg vom Fahrersitz und zog seine Hose in die Höhe. Dann schob er die Seitentür des Kombis zurück. Daraus kletterte ein kleiner Junge von vielleicht vier Jahren hervor und ihm folgten zwei genau gleich aussehende etwa sechsjährige Mädchen, die genau gleich aussehende Barbiepuppen in den Armen hielten. Der Mann beugte sich in den Wagen, hob ein Kleinkind heraus und reichte es seiner Frau. Alle Kinder hatten hellrote Locken.

»Mama! Dad!«, rief Charlie. »Ich glaube die Familie Biggins ist eben angekommen!«

Doris und Peggy schauten jetzt auch durch die Gardine.

»Du meine Güte!«, rief Peggy aus. »Was ist denn das für ein riesiges, haariges Ding?«

»Ich glaube, es ist ein Hund, meine Liebe«, antwortete Doris. »Mein Gott, was hat der bloß in der Schnauze?«

»Sieht aus wie irgendein Nagetier«, mutmaßte Peggy.

»Nun ja, dann wissen wir wenigstens, welches Ende bei diesem Hund vorn ist«, sagte Doris. »Sonst wäre das ja kaum zu erkennen.«

Charlie starrte den Hund an. Er war riesig und zottig und schien weder Augen noch Beine zu haben. Alles war unter seinem wilden Fell versteckt. Jedenfalls hatte er eine schwarze Nase am einen und einen wedelnden Schwanz am anderen Ende.

Inzwischen versuchte das Kleinkind dem Hund den seltsamen Gegenstand aus dem Maul zu reißen. Plötzlich gab der Hund ihn frei, die Kleine fiel um und setzte sich mit einem Plumps auf das dick gepolsterte Hinterteil. Das Nagetier war, wie Charlie jetzt erkennen konnte, ein dreibeiniger Plüschhase. Mrs. Biggins, eine kleine rundliche Frau in gelben Leggins, ging daran, das

Gesicht der Kleinen mit einem Taschentuch zu säubern, wogegen das Baby heftig protestierte.
Der Hund beschnüffelte die Zaunpforte. Der Junge trat mit dem Fuß nach ihm. Mr. Biggins schob die Wagentür zu. Er hielt eine Videokamera in der Hand, hob sie vor die Augen und filmte das Haus.
Charlie trat vom Fenster zurück. Die Kamera richtete sich auf die Familie, die vor der Pforte stand und ihm lächelnd zuwinkte. Filmend ging der Vater hinter Frau und Kindern auf das Haus zu.

7

Wie nennt man einen Hund ohne Ohren?

Das kann man halten, wie man will. Er hört es ja doch nicht.

Kaum hatte Mama die Haustür geöffnet, da stürmte der Hund in den Flur. Mama taumelte zurück. Als sie Mr. Biggins mit der Videokamera sah, nahm sie sich zusammen und verwandelte den entsetzten Ausdruck auf ihrem Gesicht in ein Lächeln. Der Hund sprang an Charlie hoch und drückte ihn an die Wand.

»Madonna! Komm her, Liebling!«, rief Mrs. Biggins.

Der Hund beachtete sie nicht weiter, sondern hechelte Charlie seinen Atem ins Gesicht. Charlie starrte auf die große feuchte Nase und die heraushängende Zunge.

»Sie tut dir nichts, Junge!«, versicherte Mrs. Biggins und versuchte den Hund fortzuzerren. »Sie ist ja noch ein Baby und will dich nur begrüßen, weiter nichts. Nicht wahr, mein großes Baby?«

»Es ist schon in Ordnung«, brachte Charlie hervor. »Ich mag Hunde.«

Der Hund wusch Charlies Ohr.

»Aus, Madonna! Sei ein gutes Mädchen!«, rief Mr. Biggins und suchte den richtigen Blickwinkel für eine Nahaufnahme.

Der Hund ließ sich noch immer nicht stören. Die Zwillinge grinsten. Die Kleinste schob sich den Daumen in den Mund. Doris und Peggy schauten vorsichtig durch die Tür des Speiseraumes. Endlich senkte Mr. Biggins die Kamera und zog den Hund zurück. Charlie beäugte sein voll gesabbertes T-Shirt und wischte sich dann das Ohr ab. Doris schloss rasch die Tür. Plötzlich entdeckte Madonna Dad, der eben aus der Küche kam, und sprang los. Gleich darauf lagen ihre mächtigen Pfoten auf Dads Schultern.

»Wollen wir tanzen?«, scherzte Dad, legte den Arm um Madonna und nahm eine ihrer großen Pfoten. Mr. Biggins zog sie wieder zurück und hielt sie am Halsband fest.

»Mama, ich muss aufs Klo«, sagte der Junge und zerrte an ihrer Bluse.

»Das ist Craig«, stellte Mrs. Biggins vor, »und das ist mein Mann Bill. Ich bin Sandra, die Zwillinge heißen Marti und Mandy und das Baby ist Jodie.«

Madonna schnüffelte jetzt an Mamas Rock und Mama versuchte vergeblich sie von sich zu schieben.

»Ich zeige Ihnen wohl am besten erst einmal Ihre Zimmer«, sagte Mama mit einem steifen Lächeln. Sie eilte die Treppe hinauf, den Rock eng um die Beine gezogen.

»Auf den Betten dürfen Hunde bei uns nicht liegen«, erklärte sie, während die Gastfamilie ihr folgte. »Und auch nicht auf den Polstermöbeln. Nun, ich denke, da werden Sie zu Hause wohl ungefähr dieselben Regeln haben wie wir hier auch. Zum Füttern können Sie den Wirtschaftsraum benutzen. Den zeige ich Ihnen später. Das Esszimmer ist links von der Diele.«

»Ich ahne Schlimmes«, sagte Dad und schaute die Treppe hinauf. »Worauf haben wir uns da nur eingelassen!«

Als Mama wenige Augenblicke später wieder herunterkam, war sie sehr blass.

»Rührt mich nicht an!«, warnte sie und streckte die Hände von sich, als wäre sie verseucht und wollte Mann und Sohn von sich schieben. »Ich bin über und über voller Haare und Hundespeichel und was weiß ich noch alles. Nachdem er über mich hergefallen war, ist er über die Betten gesprungen. Dann hat er die Kekse auf dem Tablett entdeckt und sie sofort verschlungen. Mit Papier und allem. Und dann, ob ihr es glaubt oder nicht, habe ich ihn in der Toilette wieder gefunden, als er gerade Wasser aus der Kloschüssel schlabberte. Das ist ein Höllenhund! Und diese Kinder! Hört ihr sie? Sie üben auf dem Doppelbett Trampolinspringen!«

Sie ließ sich auf einen Stuhl sinken und schüttelte benommen den Kopf.

»Wir können sie ja immer noch bitten wieder abzureisen«, sagte Dad.

»Da drüben liegt ein ganzer Stapel Rechnungen«, erwiderte Mama seufzend und deutete mit dem Kopf auf den Tisch unter dem Pinboard. »Die müssen bezahlt werden! Nein, ich kapituliere nicht vor einem Hund! Ich denke nicht daran, mich geschlagen zu geben!«

Sie stand auf und reckte sich.

»Der Hund wollte doch nur freundlich sein«, sagte Charlie. »Wahrscheinlich hat man ihm alles durchgehen lassen und nun hat er sich eine Menge Unarten angewöhnt, das ist alles ...«

Mama warf ihm einen Blick zu, der Beton sprengen konnte.
»Ich werde jetzt erst einmal duschen und mich umziehen«, murmelte sie.
Sie wankte auf die Tür zu wie ein Gespenst.

Charlie zeigte der Familie Biggins ihre Plätze im Speiseraum. Der Vater filmte seine Familie, als sie eintrat. Dann richtete er die Kamera auf Peggy und Doris, die gerade ihre Suppe löffelten. Ihr Lächeln verwandelte sich in Entsetzen, als sie den Hund hinter ihm auftauchen sahen. Madonnas Schwanz wedelte heftig wie ein Scheibenwischer. Sie trug eine alte Socke zwischen den Zähnen. Doris und Peggy wichen zurück, als Madonna zu ihnen gelaufen kam, die Pfoten auf den Tisch stemmte, die Socke in Peggys Teller fallen ließ und an der Suppe schnupperte.
»Husch! Husch!«, rief Doris und wedelte zaghaft mit der Serviette.
»Entschuldigen Sie bitte, Mrs. Biggins«, sagte Charlie, »aber Mama duldet keine Hunde im Esszimmer.«
Erst sahen die Zwillinge einander ungläubig an, dann betrachteten sie Charlie kopfschüttelnd. Mrs. Biggins hob gerade Jodie auf den Kinderstuhl und warf Charlie nur einen flüchtigen Blick zu.
»Oh, das tut mir Leid«, sagte sie und lächelte Peggy und Doris zu. »Sie ist sehr liebevoll, müssen Sie wissen. Und alte Leute mag sie besonders gern.«
»Wahrscheinlich mit Salz, Pfeffer und Bratensoße«, murmelte Dad, der gerade hereinkam.
Mr. Biggins legte die Kamera aus der Hand und zog Madonna beiseite.

»Sie gehört eben zur Familie, und gleich wird sie so brav sein wie ein Engel, nicht wahr, mein Mädchen? Komm her, Baby! Komm!«
Der Hund hechelte aufgeregt und zerrte heftig um sich zu befreien und alles zu erkunden, was es zu sehen und zu riechen gab.
»Es tut mir sehr Leid«, sagte Mama, die gerade mit einem Tablett hereinkam, »aber ich muss darauf bestehen, dass Sie Madonna nicht mit in das Esszimmer bringen. Die Hygienevorschriften sind eindeutig, müssen Sie wissen, und unser Gesundheitsamt ist in diesem Punkt besonders streng. Nur Blindenhunde sind zugelassen. Ich könnte angezeigt werden und erhebliche Schwierigkeiten bekommen, wenn ich da eine Ausnahme zuließe«, sagte sie mit einem angestrengten Lächeln.
»Mum!«, winselte Marti.
»Dad«, sagte Mandy, »das darfst du dir nicht gefallen lassen ...«
»... dass sie uns Madonna wegnimmt«, vollendete Marti.
Mama stellte Pizzateller vor die Zwillinge. Madonna war mit einem Sprung heran, schnappte eine Pizza und verschwand damit unter dem freien Tisch neben der Tür. Das Tischtuch hatte sich um ihren Schwanz gelegt und wurde heftig hin und her geschwenkt. Schmatzende und schlürfende Geräusche drangen unter dem Tisch hervor.
»Wir wollen wirklich keine Schwierigkeiten machen, nicht wahr, Bill?«, sagte Mrs. Biggins zu ihrem Mann. Dann lächelte sie Mama an. »Sie ist gerade erst fünf Monate alt, müssen Sie wissen. Hat noch keine Manieren.

Vielleicht ist es wirklich besser, Bill. Bring sie doch nach oben!«
Doris und Peggy saßen da, als wären sie in Statuen verwandelt.
»Das wird ihr aber gar nicht gefallen«, befürchtete Mr. Biggins und stand auf. Er ging zum Nachbartisch hinüber, bückte sich und schaute darunter. »Madonna! Hierher, Baby!«, befahl er.
Madonna war sehr still geworden. Mr. Biggins streckte den Kopf unter den Tisch. »Hierher! Komm! Sei ein liebes Mädchen! Hierher! Madonna, hierher!«
Fiepen, Knurren und Grunzen waren zu hören. Einiges davon kam wohl von Mr. Biggins. Er entschwand den Blicken. Der Tisch schwankte. Ein Kampf schien auszubrechen. Endlich tauchte Mr. Biggins mit dem Hinterteil voran wieder auf, dann der Rest. Sein Gesicht war sehr rot. Er zerrte die widerstrebende Hündin hervor. Der Rest der Pizza hing ihr noch aus der Schnauze.
Die Kinder lachten. »Madonna mag ...«, fing Marty an, »... Pizza«, vollendete Mandy.
»Komm, mein Liebling«, sagte Mr. Biggins und zerrte sie heraus.
Man konnte hören, wie ihre Krallen über den Boden kratzten und wie Mitleid erregend sie fiepte, während der schwere Atem von Mr. Biggins bewies, wie sehr er sich anstrengen musste.
»Ich bringe eine neue Pizza«, sagte Mama mit einem grimmigen Lächeln.
Dann wandte sie sich Peggy und Doris zu. Mit Daumen und Zeigefinger nahm sie vorsichtig die Socke vom Teller.

»Möchten Sie vielleicht eine frische Suppe, meine Damen?«, fragte sie überaus freundlich.
»Nein, vielen Dank«, antwortete Doris. »Ich denke, auf die Suppe werden wir lieber verzichten.«
Mr. Biggins kam wieder herunter. Ein klagendes Jaulen heulte ihm nach.

Charlie fand Mama am Küchentisch sitzend vor. Sie hatte den Kopf in die Hände gestützt.
»Frag mich ja nicht noch einmal, ob du einen Hund haben darfst«, sagte sie und es klang wie ein Stöhnen.
»Aber, Mama ...«
Sie warf ihm ihren Donnerblick zu. Er nahm die Platte mit der neuen Pizza und trug sie ins Esszimmer.
»Wer von euch ist Marti?«, fragte er die Zwillinge.
»Sie!«, sagten beide gleichzeitig und streckten sich gegenseitig die Zeigefinger entgegen.
Charlie wollte Scottie anrufen. Er lief die Treppe hinauf zum Schlafzimmer seiner Eltern, um dort den Nebenanschluss zu benutzen.
»Scottie? Ich bin's. Weißt du schon das Neueste? Wir haben einen Hund!«
»Du willst mich auf den Arm nehmen!«
»Nein.«
»Wie sieht er denn aus?«
»Wie eine Mischung zwischen Zottelrind und Dampfwalze!«
Scottie prustete. »Und wie hast du deine Mutter überreden können?«
»Gar nicht ...«
Er erzählte Scottie alle Einzelheiten und hörte, wie der die Luft zwischen den Zähnen einsog.

»Mann, jetzt wird sie dir nie mehr erlauben einen Hund zu haben!«
»Das kann man wohl sagen. Was soll ich bloß machen, Scottie?«
»Ich denke nach.«
»Charlie!«, wurde er von unten gerufen.
»Bleib dran, Scottie! Mama ruft.«
Charlie ließ den Hörer fallen und eilte zur Treppe. »Ja?«
»Komm runter!«
»Ich bin gerade beschäftigt.«
»Komm sofort!«
Er lief zum Telefon zurück. »Ich muss weg. Ruf mich an – in drei Minuten.«
Mama erwartete ihn in der Diele. Die Zwillinge beugten sich über das Geländer und ließen ihre Barbiepuppen wie Bungiespringer an Gummibändern auf und ab hüpfen.
»Mr. und Mrs. Biggins möchten gern einen Spaziergang mit Madonna machen. Ich habe ihnen den Strand vorgeschlagen und habe mir gedacht, du würdest ihnen vielleicht gern alles zeigen, Charlie.«
»Ja, super«, sagte er und nickte.
Mama winkte ihn mit dem Finger in die Küche und schloss die Tür hinter ihm.
»Sorg dafür, dass sie so lange wie möglich draußen bleiben«, flüsterte sie. »Ich verdoppele auch dein Taschengeld!«
Das Telefon läutete, Charlie nahm ab.
»Ja?«
»Ich habe eine tolle Idee!«, verkündete Scottie.
»Wie schnell kannst du herkommen?«, fragte Charlie.
»Ich bin schon da!«

Die Verbindung war beendet.
»Charlie, wenn man ein Gespräch annimmt, meldet man sich nicht einfach mit ›Ja‹!«, sagte Mama seufzend. »Es hätte doch irgendein wichtiger Anrufer sein können. Was sollen die Leute von uns denken?«
»Es war ein wichtiger Anrufer«, versicherte Charlie, »und der hatte nichts dagegen.«
Familie Biggins war schon in der Diele versammelt. Die Mutter schnallte das Baby in der Sportkarre fest, Madonna schüttelte ihre Socke, ließ sie fallen, griff sie dann feurig wieder an und schüttelte sie erneut durch.
»Gut gemacht, Madonna!«, lobte Charlie und klopfte ihr den Rücken. »Du hast die Socke besiegt!«
Scottie kam keuchend angerannt.
»Das ist mein Freund Scottie«, sagte Charlie, nachdem Madonna seinen Freund gegen die Wand gedrückt hatte um ihn willkommen zu heißen. Scottie beäugte unsicher die riesige Zunge, die dicht vor seinem Gesicht herumsabberte.
»Wenn Sie einverstanden sind, führe ich Sie zuerst einmal zum Strand. Da ist auch ein guter Spielplatz und dahinter ein Stück Wald. Für Hunde ist es der ideale Ort«, sagte Charlie.
Sie brachen auf. Madonna zerrte heftig an der Leine, die Mr. Biggins in der Hand hielt. Scottie wartete ab, bis sie außer Hörweite waren.
»Uff!«, sagte er dann. »Was ist das denn für eine Rasse? Ein langhaariges Mammut, oder was?«
»Und wie sieht dein Meisterplan Nummer fünf aus?«, fragte Charlie zurück.
»Also, hör zu, was du machen musst«, fing Scottie an. »Du bist doch ein Hundeexperte, stimmt's? Gut. Der

Hund ist unerzogen. Also: Genau da liegt deine Chance. Du dressierst dieses Ungeheuer einfach. Du hast ja das ganze Wochenende Zeit dazu, und wir fangen gleich damit an. Du musst deiner Mutter einfach zeigen, was du leisten kannst. Du zeigst ihr, wie du dieses schreckliche, sabbernde, verrückte Viech in einen vernünftigen, wohlerzogenen, perfekten Hund verwandeln kannst. Das wird sie beeindrucken, meinst du nicht auch? Sie wird dir so dankbar sein, dass sie gar nicht mehr anders kann als dir einen Hund zu genehmigen. Toll, oder?«

Ein Motorrad fuhr vorüber. Madonna sprang darauf zu.

»Sitz, Madonna! Sitz!«, befahl Mr. Biggins. Seine Stimme ging in ihrem Gebell unter.

»Das ist nicht so leicht«, gab Charlie zu bedenken. »Wenn ich ihr Besitzer wäre, ja, dann wäre die Lage vielleicht anders. Das Herrchen muss nämlich ebenso ausgebildet werden wie der Hund und ich kann doch Mr. Biggins nicht gut sagen, was er tun soll. Ich bin nicht einmal sicher, ob denen klar ist, dass sie alles falsch machen.«

»Dann solltest du vielleicht doch lieber die Gespenstheuschrecken nehmen«, erwiderte Scottie seufzend.

Jedesmal, wenn Madonna einen anderen Hund sah, brach sie in fürchterliches Gebell aus. Jetzt war schon das Meer zu sehen. Charlie führte die Familie den Weg hinter dem Musikpavillon entlang.

»Eis! Eis!«, rief Jodie und deutete mit ihrer pummeligen Hand auf den Eisstand.

»Also gut«, sagte Mr. Biggins, wer möchte ein Eis? Wie steht es mit euch, Jungs?«

Charlie und Scottie nickten eifrig. »Ja, bitte!«
»Pass mal auf Madonna auf«, sagte Mr. Biggins zu Charlie und gab ihm die Leine. »Kommt, Kinder!«
»Was?« Charlie kam sich plötzlich sehr klein und schwach vor.
»Das ist deine Chance!«, flüsterte Scottie.
»Wenn sie einen Satz macht, dann halte mich bitte fest«, bat Charlie. »Madonna, sitz!«, befahl er dann und drückte ihr Hinterteil hinunter. Wie eine Sprungfeder schnellte es wieder in die Höhe und Madonna zerrte Charlie zum nächsten Laternenpfahl, den sie ausgiebig beschnüffelte.
»He, aufgepasst!«, warnte Scottie und deutete mit einem Nicken nach vorne. »Guck mal, wer da kommt!«
Es war Lee Trencher. Mit seinem kleinen Bruder Tony kam er herangeschlendert. Beide aßen Pommes frites aus einer Tüte.
»Hallo, Lee!«, rief Scottie.
»Was fällt dir denn ein! Ruf ihn nicht auch noch. Vielleicht ist Denny in der Nähe«, stöhnte Charlie.
»Verlass dich ganz auf mich«, beruhigte ihn Scottie.
»Hier, Lee, guck mal! Was hältst du von Charlies neuem Hund?«, fragte Scottie mit einem breiten Grinsen.
Lee kaute an einer Frite. Sein kleiner Bruder wich zurück, als Madonna an seiner Hose schnüffelte.
»Der ist scharf«, versicherte Scottie. »Eine wahre Kampfmaschine, sag ich dir!«
»Verschwinde!«, schrie Lee, als Madonna ihn ansprang und versuchte sich ein paar von seinen Fritten zu angeln.
Charlie gab sich alle Mühe Madonna zu bändigen. Es gelang ihm, die Leine um den Laternenpfahl zu wickeln um einen festeren Halt zu haben.

»Ja«, mischte er sich dann ein. »Und sie tut alles, was ich ihr befehle!«
»Außerdem hat sie abartig schnelle Reflexe«, ergänzte Scottie. »In knapp dreißig Sekunden kommt sie von null auf fünfzig. Mühelos!«
Die Kampfmaschine wedelte jetzt heftig, schnüffelte an Lees Jeans, rieb sich an seinen Beinen und sabberte über seine Sportschuhe.
»Für mich sieht er eher wie eine Sabbermaschine aus«, bemerkte Lee und zog sich zurück.
»An deiner Stelle würde ich ihr nicht zu nahe kommen«, warnte Charlie.
»Hier, Hundchen!«, sagte Lee und hielt eine Frite hoch in die Luft. Im Nu war sie verschwunden. Dann legte sich Madonna zu Lees Füßen nieder, wälzte sich auf den Rücken und schwenkte in verspielter Unterwerfung die riesigen Pfoten. Charlie stöhnte innerlich und hatte plötzlich das Gefühl überhaupt nichts von Hunden zu verstehen.
»Du hast jede Menge Glück, dass sie gut gelaunt ist«, behauptete Scottie.
Lee kraulte Madonnas Bauch. Sie winselte vor Behagen.
»Ist es zu fassen?«, flüsterte Scottie in Charlies Ohr. »Dieser Hund ist eine Lachnummer!«
»Gleich und gleich gesellt sich gern«, murmelte Charlie zurück. »Darum scheint er ja auch Lee zu mögen.«
Mr. Biggins kam mit dem Eis und sie setzen ihren Weg fort. Madonna schnüffelte mal, mal blieb sie wie angewurzelt stehen oder sie sprang wie toll in alle Richtungen gleichzeitig. Aber vorher hatte Scottie noch mit dem Daumen auf Mr. Biggins gedeutet und Lee zugeraunt: »Charlies Onkel. Britischer Meister im Ringen von 1997.

Ist ganz vernarrt in seinen Neffen. Nur, damit du es weißt!«

Es war ein warmer Abend. Viele Leute saßen draußen oder spazierten noch am Strand oder an der Uferpromenade entlang. Sobald sie das Meer sehen konnten, rannten Craig und die Zwillinge quer über den Strand darauf zu. Noch im Laufen streiften sie Schuhe und Socken ab. Madonna setzte ihnen nach, überholte sie, sprang um sie herum. Charlie und Scottie halfen die Sportkarre über den Sandstrand zu tragen. Mr. Biggins filmte wieder. Er richtete die Kamera auf die planschenden und spritzenden Kinder und den wild im Wasser umhertollenden Hund.

»Achtung!«, rief Scottie, als Madonna auf sie zugestürmt kam.

»Nicht fortlaufen!«, schrie Charlie warnend.

Aber es war schon zu spät. Madonna liebte Fangen spielen. Sie war der Ansicht, dass Scottie auf ein Spiel aus war, und sie setzte ihm in langen Sprüngen nach. Dann machte sie einen Satz. Scottie fiel um wie ein getroffener Kegel. Madonna war mit ihrem Erfolg offenbar sehr zufrieden. Sie stand auf und schüttelte sich heftig. Einige Liter Ärmelkanalwasser prasselten auf Scottie herab. Dann fing sie an zu graben und bewarf ihn mit Sand. Sie grub ihn richtig ein. Charlie rannte hinüber.

»Hör auf, du blöder Hund!«, schrie er. »Scottie ist doch kein Knochen!«

Madonnas Blick sagte ganz deutlich: Herrlich, da kommt noch einer, der mitspielen will! Und schon stürzte sie sich auf Charlie. Als er wieder zu Atem kam, gelang es ihm, sich aufzusetzen. Scottie war nicht mehr zu sehen. Nur ein Haufen lag da völlig bewegungslos wie eine lebensgroße Sandskulptur. Doch dann fing die Skulptur an seltsame Geräusche von sich zu geben. Sie richtete sich auf und spuckte einen Mund voll Sand aus. Sie kam langsam auf die Füße. Sie öffnete blinzelnd die Augen. Charlie fing an zu lachen. Madonna setzte sich und leckte sich das Hinterteil.

Irgendwie, dachte Charlie, mussten Worte wie »Gehorsam« oder »Anstand« in Madonnas Erziehung völlig gefehlt haben.

8

Wie verhindert man, dass ein Hund im Hinterhof bellt?

Indem man ihn in den Vorgarten bringt.

Am Samstagmorgen saß Charlie an seinem Tisch und schrieb etwas in sein Ringbuch, als Scottie ihn besuchte.

»Ich habe eine Überraschung für dich, Charlie«, verkündete er, zog seine Mundharmonika aus der Tasche und setzte sich auf das Bett. »Das gefällt dir bestimmt. Ich habe die ganze Woche daran geübt!«

Charlie stöhnte innerlich. Scottie fing voller Inbrunst zu saugen und zu pusten an. Charlie verzog das Gesicht. Er versuchte in der Tonfolge so etwas wie eine Melodie zu erkennen. Dann hellten sich seine Züge auf.

»Ja, ich hab's. Das ist ›Ein kleiner Hund mit Namen Fips‹, oder?«

»Richtig«, bestätigte Scottie freudig überrascht.

»Mann, das war gar nicht übel! Du wirst allmählich besser! Viel schlechter konntest du allerdings auch nicht werden.«

»Also noch mal, dann kannst du mitsingen! Du machst die Wuff-wuffs, okay? – Na also«, sagte er, als sie fertig waren. »Ich habe doch gleich gewusst, dass es dich aufheitern würde. Was hast du denn da?« Er schaute über Charlies Schulter auf das Ringbuch.

»Ich hab deinen Rat befolgt«, sagte Charlie. »Du erinnerst dich doch an deinen genialen Meisterplan Nummer fünf? Ich sollte Madonna von einem sabbernden vierbeinigen Mopp in einen perfekten gehorsamen Hund verwandeln, stimmt's? Einen Hund, der sogar Mama so sehr begeistern würde, dass ich endlich einen eigenen Hund haben dürfte!«
»Los, lies vor!«, drängte Scottie und Charlie las:

> Du musst deinem Hund immer überlegen sein. Lass ihn niemals glauben, er wäre der Chef. Der Hund ist ein Rudeltier und du, sein Besitzer, musst der Anführer des Rudels sein. Ein Hund spürt genau, wenn du die Kontrolle verlierst. Er weiß es, wenn du aufgegeben hast. Dann bist du erledigt. Der Hund wird tun, was er will!

»He, das ist ja wirklich super. Weiter«, sagte Scottie.

> PLAN
> Madonna muss folgende Grundkenntnisse erwerben:
> 1. Mit oder ohne Leine bei Fuß gehen. Wenn man stehen bleibt, muss sie sich setzen und sitzen bleiben, bis man weitergeht.
> 2. Auf Befehl muss sie auch bei großer Entfernung sitzen bleiben und erst kommen, wenn sie gerufen wird.
> 3. Sie darf keinen Menschen anspringen.

»Das habe ich am Donnerstagabend aufgeschrieben, gleich nachdem wir am Strand waren, weißt du noch?«

»Wie soll ich das wohl vergessen?«, stöhnte Scottie. Meine Mutter hat mich nicht wieder erkannt. Zuerst wollte sie mich gar nicht ins Haus lassen. Ich hab immer noch Sand in den Ohren.«

Er fuhr sich mit dem Finger ins Ohr, zog ihn wieder heraus und betrachtete ihn genau.

»Siehst du?« Er hielt Charlie den Finger hin.

»Inzwischen habe ich noch eine ganze Menge dazugeschrieben, was er nicht tun darf. Zum Beispiel Menschen ansabbern.«

»Einbuddeln auch nicht.«

»Er darf nicht stinken.«

»Menschen nicht an den peinlichsten Stellen beschnüffeln«, fügte Scottie hinzu.

»Nicht stehlen«, sagte Charlie.

»Er darf einen nicht idiotisch aussehen lassen, indem er keinem einzigen Befehl gehorcht«, ergänzte Scottie, »und er darf sich nicht mit solchen Fliegenhirnen wie Lee anfreunden.«

»Das geht noch eine ganze Seite lang so weiter«, sagte Charlie düster.

Er hatte das alles aufgeschrieben, weil er sich vorgenommen hatte seine Weisheiten an Mr. und Mrs. Biggins weiterzugeben. Aber inzwischen war ihm klar, dass er ihnen gar nichts geben würde. Die waren ja allesamt blind für die Fehler ihres großen Babys. Für sie war das, was Madonna tat, lustig und liebenswert.

»Es ist ein hoffnungsloser Fall«, sagte Scottie. »Du verschwendest nur deine Zeit. Gib lieber zu, dass du der Verlierer bist.«

»Nicht zu fassen, was sie alles angestellt hat«, sagte Charlie. »Und sie lassen ihr alles durchgehen. Sie sind einfach zu nachgiebig mit ihr. Junge, Junge, stell dir mal vor, was sie für Ärger mit ihr haben werden, wenn sie erst mal größer und älter ist!«

In den wenigen Tagen seit ihrer Ankunft hatte Madonna einen ganzen Katalog von Verbrechen begangen: körperlicher Angriff, Ladendiebstahl, Ruhestörung. Am Freitag hatte Mama beim Staubsaugen die Überreste der gestohlenen Pizza gefunden. Sie lagen unter dem Bett von Mr. und Mrs. Biggins. Gleich daneben eine zerkaute Zahnpastatube, die Badematte, eine sehr große Männerunterhose, ein Teddy, eine schmutzige Socke, ein Stock, ein Schnuller und eine durchgekaute Nummer der Zeitschrift »Für die Dame«. Das war an dem Morgen, an dem Madonna die Zeitungsbotin vom Briefkasten verjagt hatte. Bestimmt hätte sie auch noch die gesamte Morgenpost gefressen, aber Dad hatte den Lärm der Auseinandersetzung mit dem Postboten gehört und war noch eben rechtzeitig zu Hilfe geeilt.

Am Freitag kam sie von einem Einkaufsbummel der Familie mit einem Damenschuh zwischen den Zähnen zurück. Weiß, hochhackig, Größe fünf, linker Fuß mit dem Preisschild dran: neunzehnneunundneunzig. Mr. und Mrs. Biggins schienen nicht so recht zu wissen, wo sie diesen Schuh aufgelesen haben könnte. Die Zwillinge trugen den Schuh seitdem abwechselnd. Craig schluchzte, weil er ihn nicht auch einmal anziehen durfte.

Madonna hatte außerdem eine geradezu süchtige Beziehung zu einem der Sofakissen im Tagesraum entwickelt. Dafür hatte sie ihre Liebe zu zerkauten Socken aufgegeben. Mama versuchte längst nicht mehr ihr das Kissen zu entwinden. Und schließlich war Madonna am Freitagabend auch noch erwischt worden, wie sie im Wirtschaftsraum auf einem Stapel frisch gebügelter Wäsche friedlich schlief.

Sie hatte sich auch zu einer leidenschaftlichen Vogelbeobachterin entwickelt und ließ die Gartenstühle durch die Luft wirbeln, wenn sich eine Möwe auf den Zaun gesetzt hatte. Der Möwe hatte dieses Spiel offenbar gefallen. Und andere waren hinzugekommen um auch etwas von diesem Spaß zu haben – nachdem sie gemerkt hatten, was für ein lautes Gebell sie auslösen konnten oder wie tief sie fliegen durften ohne von Madonna erwischt zu werden. Sie verwandelten Madonna in ein jaulendes, bellendes, springendes Fellknäuel. Mrs. Pottergate von nebenan hatte sich bereits über den Lärm beschwert. Jetzt konnten Charlie und Scottie Madonna oben im Zimmer der Zwillinge hören. Sie warf sich gegen die Scheiben und verbellte die Möwen.

»Wie stehen denn die Chancen, dass deine Mutter dir doch noch einen Hund erlaubt?«, erkundigte sich Scottie.

»Ungefähr eins zu einer Billion«, antwortete Charlie und ließ einen schweren Seufzer folgen.

»Komm!«, sagte er dann und schloss sein Ringbuch. »Sehen wir mal nach, ob Avril zu Hause ist.«

Sie trafen Mama, die gerade ein Bündel gebrauchter Tischwäsche zur Waschmaschine trug.

»Hallo, Mrs. Sparks!«, grüßte Scottie betont vergnügt.

Sie warf ihm einen müden Blick zu. »Hallo, Graham!«

»Wissen Sie, Mrs. Sparks, nicht alle Hunde sind ...«

»Hunde! Hör mir ja auf mit Hunden! Ich will das Wort Hund nicht mehr hören!«, fuhr sie ihn an.
»In Ordnung«, versprach Scottie rasch.
»Zum Mittagessen bist du doch zurück, Charlie?«, rief seine Mutter aus dem Wirtschaftsraum. »Ich brauche heute Nachmittag etwas Hilfe.«
Sie gingen in die Diele.
»Wo ist denn mein zweiter Schuh?«, fragte Scottie und nahm den einen hoch, der auf der Fußmatte lag.
»Oh, nein! Du hast die Schuhe doch nicht etwa hier stehen lassen?«, fragte Charlie entsetzt.
»Ich lasse die Schuhe immer da. Deine Mutter will doch, dass ich sie ausziehe«, antwortete Scottie.
»Ja, aber das war in der Zeit vor Madonna!«, antwortete Charlie schwach. »Jetzt darfst du gar nichts mehr herumliegen lassen, sonst siehst du es vielleicht niemals wieder! In letzter Zeit sind bei uns unzählige Sachen verschwunden!«
»Und wie soll ich mit einem einzigen Schuh nach Hause gehen?«, erkundigte sich Scottie.
»Vielleicht hüpfen?«, schlug Charlie vor.
Sie hörten Familie Biggins aus ihren Zimmern und gleich darauf fertig ausgerüstet zu einem Strandbesuch die Treppe herunterkommen. Craig hatte einen großen aufgeblasenen Hai unter dem Arm, die Zwillinge trugen Sonnenhüte, Sonnenbrillen und Shorts, und ihre Barbiepuppen waren dazu passend angezogen.
»Hat vielleicht jemand meinen Turnschuh gesehen?«, fragte Scottie.
»Wir haben uns schon gefragt, wem der gehört«, kicherten die Zwillinge.

»Wo ist mein Schuh? Was hast du mit meinem Schuh angestellt?«, fragte Scottie Madonnas wedelnden Schwanz, der durch das Treppengeländer ragte.
»Keine Sorge, sie bringt ihn schon mit!«, antwortete Mr. Biggins, während er Jodie die Treppe hinunterhalf.
»Madonna!«, riefen die Zwillinge.
Seltsamerweise gehorchte der Hund diesmal. Er kam herunter und hielt den Schuh zwischen den Zähnen.
»Gib!«, verlangte Scottie und streckte die Hand aus.
Madonna knurrte und bewegte sich rückwärts.
»Komm her! Gib, habe ich gesagt!«
Scottie packte den Schuh und zerrte daran. Ein heftiges Tauziehen begann. Zu allem entschlossen hielt Scottie seinen Schuh fest. Als Madonna daraufhin mit all ihrer Kraft zog, rutschte Scottie langsam an Charlie vorbei durch die Diele. Seine Socken fanden auf dem glatten Boden keinen Halt.
»Überlass das mir!«, sagte Mr. Biggins und zog mit einem Ruck die Hose hoch. Er packte den Schuh und hebelte Madonnas Maul auf. »So ist's recht!«, sagte er dann und hielt Scottie den zerkauten und versabberten Rest seines Schuhes hin.
»Gutes Mädchen!«, sagte er und streichelte Madonna. Sie wedelte stolz.
»Sie haben ihr immerhin den passenden Namen gegeben«, sagte Scottie, als sie auf die Pforte zugingen. »Madonna fängt mit Mad an und das heißt verrückt!«

Avrils Freundin Sonja kam grade aus der Haustür.
»Hallo, Charlie!«, sagte sie.
Sie war ein dürres Mädchen mit kurzen, krausen schwarzen Haaren und runden Brillengläsern.

»Ich will gerade weg, aber Avril ist da. Geht einfach rauf. Erste Tür links. Bis dann!«

Sie kamen an einem Mädchen im Morgenrock vorbei, das am Telefon in der Diele einen heftigen Streit austrug. Eine Mischung von Gerüchen schlug den Jungen entgegen, als sie die ungeputzte Treppe hinaufstiegen. Curry, Kohl, feuchte Wäsche, kalter Zigarettenrauch, Räucherstäbchen ...

»Puh!«, bemerkte Scottie. »Ein Hund mit seinen vielen Geruchszellen in der Nase würde hier eine Überdosis abkriegen. Ich bin froh, dass ich nur fünf Millionen habe!«

Sie klopften an die Tür. Avril öffnete ihnen in ihrem Puh-der-Bär-Nachthemd. Sie aß gerade eine Schüssel Cornflakes.

»Na, wenn das nicht mein kleiner Bruder ist!«, rief sie aus. »Kommt rein! Wollt ihr Frühstück?«

Sie kramte zwischen Töpfen, Bechern, Flaschen und Büchsen auf dem Tisch herum.

»Es gibt Cornflakes, Mars, Schokomüsli – und Brot muss wohl auch noch irgendwo – nein, doch nicht«, endete sie, nachdem sie in die Brottüte geschaut und sie dann zusammengeknüllt hatte.

»Aber ich hab Nutella – und Kräcker und ...« Avril spähte in eine Schale. »Nanu? Igitt, vergammelt.« Sie stellte die Schale weg. »Aber Pepsi ist wirklich noch da«, sagte sie und hob eine Flasche in die Höhe.

»Nur ein bisschen Pepsi, danke«, sagte Charlie und ließ den Blick durch den Raum schweifen.

»Ja, für mich auch«, schloss sich Scottie an.

»Und einen Marsriegel«, fügte Charlie hinzu.

»Ja, und einen Marsriegel«, bestätigte Scottie.

»Setzt euch doch!«, forderte Avril sie auf.

Die beiden Jungen suchten etwas, worauf sie sich setzen konnten. Scottie sah Charlie mit hochgezogenen Augenbrauen an. Der zuckte die Schultern. Es gab nur zwei Stühle. Auf beiden stapelten sich alle möglichen Kleidungsstücke. Der Boden war mit Stiefeln, Sportschuhen, Socken und öligen Overalls übersät. Avrils Bett war ein Gewirr von Decken und Laken.

Gemeinsam setzten sich beide auf den Bettrand. Avril reichte ihnen Becher mit Pepsi und jedem einen Marsriegel.

»Hier, fühl mal, Charlie!«, sagte sie dann, rollte den Ärmel auf und hielt ihm den gebeugten Arm entgegen. »Na los! Fühl mal! Das sind Muskeln, was?«

Charlie stellte den Becher ab und drückte ihren Oberarm. Die Muskeln waren überraschend hart und gewölbt.

»Du auch!«, forderte sie Scottie auf.

Scottie lächelte verlegen und drückte einmal kurz zu.

»Toll!«, bestätigte er.

»Was haltet ihr davon, he?«, fragte sie stolz.

»Wie kommst du zu solchen Muckies, Av?«, fragte Charlie. »Etwa, weil du dauernd Motoren aus Autos heben musst?«

»Bodybuilding!«, erklärte Avril und schwang die Arme auf und ab, als wollte sie Hanteln stemmen. »Im Studio«, fügte sie hinzu.

Charlie kaute an seinem Marsriegel und betrachtete Avrils Zimmer. Auf dem Fensterbrett stand ein Teller mit Resten von Fisch und Chips. Ein paar feuchte Kleidungsstücke waren über den Heizkörper gehängt. Unter dem Tisch zählte er vier schmutzige Tassen.

Mama würde ausrasten, wenn sie das sähe, dachte er.

»Kommst du bald mal vorbei, Av?«, fragte er jetzt. »Du könntest dich wieder mit Mama vertragen.«
»Erst, wenn sie sich für alles entschuldigt, was sie mir an den Kopf geworfen hat«, erwiderte Avril von oben herab.
»Puh, und Mama will das Gleiche von dir. Ist doch doof, Av.«
Avril zuckte die Achseln.
»Wir haben jetzt auch einen Hund«, lockte Charlie.
Avril erstickte fast an ihren Cornflakes.
»Ach, hör doch auf! Das würde Mama niemals zulassen!«, antwortete sie.
»Es ist so etwas wie ein langhaariges Mammut«, erklärte Scottie.
»Ein Schlabbermonster«, ergänzte Charlie.
»Er hat auch was von dem sagenumwobenen Yeti«, sagte Scottie.
»Wassersparend ist er auch. Er leckte jedem das Gesicht ab«, berichtete Charlie.
»Und er hat sich in ein Sofakissen verliebt«, kicherte Scottie.
»Macht Socken nieder«, sagte Charlie.
»Im Tauziehen ist er ein gefährlicher Gegner«, fügte Scottie hinzu.
»Möwen mag er ganz besonders«, erwähnte Charlie.
»Und Pizzas!«, ergänzte Scottie.
»Er geht sehr gern mit einem spazieren«, sagte Charlie.
»Auch wenn man es gar nicht will«, lachte Scottie.
»Wie hast du es denn geschafft Mama rumzukriegen?«, fragte Avril fassungslos.
»Das ist eine andere Geschichte«, antwortete Charlie geheimnisvoll.

»Er hat eben so seine Tricks«, erklärte Scottie mit einem wissenden Nicken und einem Augenzwinkern.
»Den Hund muss ich sehen!«, sagte Avril. »Bringt ihn doch mal mit!«
»Er ist eine Sie«, sagte Charlie und warf Scottie einen warnenden Blick zu. »Madonna heißt sie und ich kann sie nicht mitbringen, weil ... weil ich nicht allein mit ihr ausgehen darf. Sie ist noch nicht richtig ausgebildet, weißt du. Wenn du sie sehen willst, dann musst du schon nach Hause kommen.«
Avril sah ihn misstrauisch an.
»Woher hast du sie? Und wieso hast du mir noch nichts von ihr erzählt?
»Komm vorbei, dann wirst du es ja herausfinden!«, sagte Charlie und lächelte ein wenig hinterhältig.
»Ich glaub dir nicht, dass es diese Töle überhaupt gibt!«, erklärte Avril.
»Es gibt sie wirklich!«, versicherte Scottie ernsthaft. »Hier, sieh dir meinen Schuh an!«
Er hob das Bein und ließ sie den Schuh betrachten.
»Siehst du die Abdrücke von ihren Zähnen? Und hier, den Riss? Das war nicht etwa ein wilder Tiger, das war bloß Madonna!«
Avril runzelte nachdenklich die Stirn. Charlie aß den letzten Bissen von seinem Marsriegel, dann knüllte er das Papier zusammen und warf es auf den Tisch.
»He!«, rief Avril empört. »Wirf deinen Müll nicht einfach auf den Tisch!«
»Wie bitte?« Charlie starrte sie verblüfft an. »Hier ist doch alles ein einziger Müllhaufen, Avril! Ein Saustall!«
»Ja, aber das ist mein Müll!«, fuhr Avril ihn an. »Nicht deiner! Kein Mensch darf mein Durcheinander durch-

einander bringen, verstanden? Ich putze doch nicht hinter jedem her! Nicht mehr! Monate meines Lebens habe ich damit zugebracht, im ›Seeblick‹ den Müll anderer Leute wegzuräumen! Also nimm das sofort da weg!«, forderte sie und deutete auf das Papier.

»Ja, ja, krieg dich wieder ein!«, sagte Charlie und stand auf.

Dad hat Recht, dachte er. Avril ist genau wie Mama!

Scottie hob unauffällig sein Papier vom Boden auf und stopfte es zwischen Bett und Wand.

»Ich muss jetzt zur Arbeit«, erklärte Avril und stand auf. »Heute Nachmittag bin ich im Freizeitpark.«

Charlie und Scottie standen ebenfalls auf und wollten gehen.

»Mit dem Hund«, sagte Avril und lächelte, »das sollte doch bloß ein Witz sein, oder?«

Charlie und Scottie schüttelten langsam und entschieden die Köpfe.

Als sie schon an der Tür waren, sagte Avril: »Übrigens, Charlie, da wir gerade von Hunden reden – ich habe eine Überraschung für dich.«

»Ja?«

»Wart's ab, dann wirst du es ja sehen«, sagte sie spöttisch und zwinkerte den beiden zu.

9

Wie verhindert man, dass ein Hund im Garten Löcher gräbt?

Man nimmt ihm den Spaten weg!

»Eure Avril kann einem richtig Angst einjagen«, bemerkte Scottie, als sie hinausgingen. »Ich glaube, die könnte sogar mit Denny fertig werden!«

»Au ja!«, erwiderte Charlie. »Wenn ich ihn das nächstemal seh, dann sag ich: He, Denny, ich glaube, ich muss dich warnen. Ich hab eine große Schwester!«

»Hast du ihn in letzter Zeit gesehen?«, fragte Scottie.

»Seit dem Spielplatz nicht mehr.«

»Vielleicht hat er doch nicht gehört, wie Ryan deinen Namen gerufen hat. Oder es interessiert ihn gar nicht mehr«, meinte Scottie. »Für den bist du doch sowieso bloß ein Würmchen!«

»Vielen Dank!«, sagte Charlie ein wenig gekränkt.

Er wollte nicht an Denny denken. Im Augenblick war er sehr mit sich zufrieden und wollte dieses Gefühl nicht gern verderben. Er war sicher, dass Avril Madonna gern sehen wollte. Und wenn sie wirklich nach Hause kam, dann konnte sie sich auch wieder mit Mama vertragen und dann hatte Mama bestimmt gleich wieder viel bessere Laune. Nicht ausgeschlossen, dass sie ihm dann vielleicht sogar ein bisschen dankbar wäre. Das konnte doch nur gut sein, oder?

Als er heimkam, war Mama allerdings bestimmt nicht guter Laune. Sie saugte gerade Staub im Aufenthaltsraum. Sie schaltete das Gerät ab und deutete mit dem Finger zum Fenster.

»Sieh dir diesen Kombi an! Bis zum Schwarzwerden habe ich Mr. Biggins erklärt, dass er ihn hinter dem Haus parken soll. Was sollen die Leute bloß denken! Dieser rostige alte Wagen und dann auch noch auf der Motorhaube die Aufschrift: BILL BIGGINS – LEITUNGSREINIGUNG – VERSTOPFTE RÖHREN – WIR KOMMEN! Alle werden denken, dass wir Probleme mit unseren Abflüssen haben. Er muss den Wagen da wegfahren, ehe heute Abend der neue Gast kommt. Es macht einfach einen zu schlechten Eindruck. Hier, Charlie, mach du das fertig. Ich habe noch einen Stapel Wäsche zu bügeln. Und vergiss nicht das Sofa und die Sessel. Nimm alle Kissen herunter. Ich möchte, dass es sorgfältig gemacht wird, vergiss das nicht!«

Sie schob ihm den Staubsauger zu. Seitdem er durch die Tür getreten war, hatte er keine Chance gehabt auch nur ein einziges Wort anzubringen. Er seufzte und nahm die Kissen vom Sofa.

Mama versorgte Charlie mit Arbeit für den Rest des Tages. Und als er gerade glaubte, er wäre endlich fertig, kamen Peggy und Doris von ihrem Ausflug nach Botley Castle zurück. Er musste sich auch noch um ihren Tee kümmern. Und dann entstand ein Riesenkrach an der Haustür, als Madonna sich ihren Weg ins Haus bahnte und Craigs Gebrüll die Rückkehr von Familie Biggins meldete.

»Er ist ein bisschen traurig«, vertraute Mrs. Biggins Charlie und seiner Mutter an.

»Susan ist ins Meer hinausgeschwemmt worden«, verkündete eine der Zwillingsschwestern mit Grabesstimme.
»Sie war meine allerbeste Freundin!«, schluchzte Craig.
»Wie entsetzlich!«, rief Mama aus und schlug die Hände vors Gesicht. »Wie konnte das passieren? Haben Sie Hilfe herbeirufen können? Ist sie gerettet? Ist alles in Ordnung mit ihr?«
Die Zwillinge schüttelten traurig die Köpfe.
Craig heulte: »N-nein!«
Madonna ließ das Eimerchen mit dem Spaten fallen, das sie im Maul getragen hatte, und leckte Craig tröstend über das Ohr.
»Hat denn jemand die Küstenwache gerufen?« Mama griff schon zum Telefon. »Ich rufe sofort an! Erklären Sie mir genau, wann und wo es passiert ist und wo ...«
Peggy und Doris, die alles gehört hatten, standen unter der Tür und rangen die Hände.
Mr. und Mrs. Biggins sahen erst einander und dann Mama an. Mr. Biggins hüstelte. »Susan ist Craigs aufblasbarer Hai, Mrs. Sparks«, sagte Mrs. Biggins ein wenig verlegen.
Mama blinzelte ein paarmal. Dann lachte sie los. Alle anderen lachten auch, bis auf den untröstlichen Craig. Mama beugte sich zu ihm.
»Ich bin sicher, dass mit Susan alles in Ordnung ist. Draußen im Meer fühlt sie sich bestimmt sehr wohl. Dort sind Haie nämlich am allerliebsten und sie wird sich oft und gern daran erinnern, wie sie mit dir gespielt hat, glaubst du nicht auch?«
Craig schniefte und nickte.

»Du hast ihr sogar von deinem Eis abgegeben, weißt du noch?«, fiel eine der Zwillinge ein.
»Und Dad hat sie auf dem Videoband«, sagte die andere.
»Du kannst sie dir später vielleicht ansehen, Craig«, schlug seine Mutter vor. »Wie wäre das?«
Craig wischte sich mit dem Handrücken die Nase ab und nickte.
»Sag ›danke‹, Craig«, ermahnte ihn seine Mutter.
»Danke«, schniefte Craig.
Familie Biggins stieg die Treppe hinauf. Madonna sprang voraus, wobei sie Reste von Sand und Meerwasser verstreute. Ein großer nasser Fleck bezeichnete die Stelle, an der sie in der Diele gesessen hatte.
Dad kam mit einem neuen Buch über Gespenstheuschrecken heim.
»Verblüffend!«, sagte Charlie zum dritten Mal, als sein Vater ihm von den Gewohnheiten der indischen Eier legenden Stabheuschrecken berichtete.
»Du, sag mal«, fragte Dad plötzlich. »Was hast du eigentlich Avril erzählt? Ich habe sie vor der Fritenbude getroffen. Du sollst ihr erzählt haben, Madonna wäre dein Hund?«
»Dad! Du hast ihr doch nichts verraten?«
»Selbstverständlich habe ich das. Wozu sollte denn das gut sein? – Tut mir Leid, mein Junge«, sagte Dad, nachdem Charlie ihm alles erklärt hatte. »Aber das konnte ich ja nicht wissen!«

Nach dem Abendessen versammelten sich alle im Fernsehraum, um sich Mr. Biggins' Videoaufnahmen anzusehen. Sogar Doris und Peggy waren dabei. Mama sah von der Tür aus zu. Dad sagte, er hätte etwas Besseres zu tun. Er saß am Küchentisch und las weitere interessante Neuigkeiten über Gespenstheuschrecken.

Auf dem Bildschirm war zu sehen, wie Familie Biggins vor dem Haus auf die Tür zukam. Madonna sprang plötzlich auf und stürzte sich auf den Bildschirm, bellte und stemmte die riesigen Pfoten an die Scheibe.

»Madonna!«, schrien Craig und die Zwillinge. »Wir können nichts sehen!«

Mr. Biggins zerrte Madonna zurück.

Sie sahen zu, wie die Haustür geöffnet wurde. Da war Mama. Ihr Gesicht verriet ihr Entsetzen, als Madonna sie durch die Tür ansprang. Dann war Charlie im Bild, wie er von riesigen Pfoten an die Wand gedrückt wurde. Mr. Biggins hatte alle Mühe Madonna vom Bildschirm fern zu halten. Es regte sie sehr auf, sich selbst im Fernsehen zu entdecken.

Jetzt war Dad zu sehen, als Madonna an seiner Schulter lag und er so tat, als wollte er mit ihr tanzen. Besonders komisch war es, als Mr. Biggins das Band rückwärts und dann ganz schnell wieder vorwärts laufen ließ.

»Schau mal, Doris!«, rief Peggy aufgeregt. »Das sind wir, wie wir unsere Suppe essen!«

»Also tatsächlich, das sind wir wirklich! Ich hätte nie im Leben geglaubt, dass wir einmal im Fernsehen sein würden! Ist es nicht wunderbar, was man heute alles machen kann?«

Jetzt planschte Madonna im Meer und jagte Scottie über den Strand. Gleich darauf wurde Scottie bei lebendigem Leibe begraben. Und rappelte sich mühsam wieder auf – als Sandmonster. Das laute Gelächter lockte Dad aus der Küche. Peggy und Doris tupften sich mit ihren Spitzentüchlein Lachtränen von den Augen. Die Besuche im Park und bei den Amüsierbuden zeigte Mr. Biggins nur im Schnelldurchlauf und schließlich kam Craig mit seinem Haifisch Susan auf den Bildschirm.

»Sieh mal, Craig, was Susan für einen Spaß mit dir gehabt hat«, sagte Mrs. Biggins.

»Jetzt guckt sie aufs Meer hinaus«, sagte ein Zwilling.

»Sie fragt sich, ob da draußen ein paar von ihren Haifreunden sind«, vermutete die andere, als zu sehen war, wie Craig und die Zwillinge mit dem Hai im Wasser spielten.

»Und dann hat sie beschlossen ein Stück ins Meer hinauszuschwimmen», schluchzte Craig.

Man sah, wie Craig am Strand hin und her sprang und auf den Hai deutete, der von den Wellen ins Meer hinausgetragen wurde. »Daddy! Daddy! Hol Susan zurück!«, schrie er in die Kamera. Dann wurde der Bildschirm dunkel.

»Sie hat ausgesehen wie ein sehr glücklicher Hai«, sagte eine der Zwillingsschwestern. »Susan hat gelächelt, weil sie all ihre Haifreunde wiedersehen sollte und ihre Brüder und Schwestern.«

»Aber traurig war sie auch, weil sie nicht von dir fort wollte«, versicherte die andere. »Ich glaube, sie ist immer noch ein bisschen traurig, genau wie du.«

Craig nickte.

»Können wir den Film noch einmal sehen, Daddy?«, fragten die Zwillinge.

»Ach ja, können wir uns auch noch einmal sehen?«, fragten Doris und Peggy.

Die Haustürglocke läutete.

Mama ging öffnen. Charlie folgte ihr und wollte in sein Zimmer gehen. Er hatte eine Idee für sein Buch und wollte gleich ein neues Bild zeichnen. Da hörte er eine Männerstimme. »Mrs. Sparks? Guten Abend! Mein Name ist Wishart. Ich habe letzte Woche ein Zimmer bei Ihnen gebucht.«
Charlie warf einen Blick auf die Tür. Dann blieb er wie angewurzelt stehen. Neben dem großen, schlanken Mann, der auf der Schwelle stand, saß ein kleiner Hund. Ein kleiner, drahthaariger, gelblicher Hund. Das eine Ohr gespitzt, das andere herabhängend. Er hatte eine schwarze Pfote. Charlie und der Hund sahen einander an und erkannten sich sofort. Charlie konnte nicht glauben, was er sah. Es war sein Traumhund!

10

»Kommst du mit auf die Pferderennbahn?«, fragt ein Dackel den anderen.

»Was sollen wir denn da tun?«

»Jockeys angucken. Die haben so schöne krumme Beine!«

»Oh, Mr. Wishart, kommen Sie doch herein!«, sagte Mama und sah den Hund missbilligend an.

Mr. Wishart trat ein. Er hatte eine Aktentasche und einen kleinen Reisekoffer bei sich. Er sah gar nicht alt aus und hatte doch silbergraues Haar. Der Hund trottete ihm nach und blieb dann neben ihm stehen. Charlie rannte auf ihn zu.

»He, Boy!«, rief er und streichelte dem Hund den Kopf. Er beugte sich über ihn. »Bist du es wirklich?«, flüsterte er.

Er hätte schwören können, dass der Hund ihm zuzwinkerte.

»Das ist mein Sohn Charlie«, erklärte Mama dem Gast. Charlies Herz klopfte laut vor Überraschung und Freude. Er wunderte sich, dass es niemand zu hören schien. Er hätte gern gerufen: Mama! Dad! Überhaupt alle! Von diesem Hund habe ich geträumt, nachdem ich die Sternschnuppe gesehen und mir etwas gewünscht hatte. Und jetzt ist er hier. Das ist kein

Traum! Das ist Wirklichkeit! Er kommt mich besuchen! Ich kann es nicht glauben, aber er ist wirklich hier!
Aber er traute sich nicht es auszusprechen. Sie hätten ihn doch bestimmt für verrückt gehalten. Trotzdem, die Art, wie der Hund ihn ansah, wie er aufsprang und mit dem Schwanz wedelte, das ließ überhaupt keinen Zweifel aufkommen. Es war sein Traumhund! Und nichts sollte ihm diesen magischen Moment verderben. Der Hund leckte Charlies Hand mit seiner rauen Zunge. Charlie konnte gar nicht mehr aufhören zu lächeln. Der Hund blickte zu Mr. Wishart auf, der sich niederhockte und ihm den Kopf kraulte.
»Du bist ein toller kleiner Hund, nicht wahr, Boy?«, sagte er.
Boy? Mr. Wishart hat dich genau so genannt wie ich in meinem Traum. Charlie schaute dem Hund in die großen braunen Augen. Du bist es! Das ist fast unheimlich! Oder träume ich etwa wieder?
»Hatten Sie eine weite Reise, Mr. Wishart?«, fragte Mama.
Sie klang ein bisschen verärgert. Charlie wusste, dass sie nicht gerade froh darüber war, jetzt noch einen Hund mehr im Haus zu haben. Und dabei hatte der Mann ihn bei der Reservierung überhaupt nicht erwähnt.
»Ein gutes Stück«, sagte der Gast. »Ich war den ganzen Tag unterwegs.«
»Möchten Sie dann vielleicht etwas essen oder trinken?«, fragte Mama.
»Nein, danke, Mrs. Sparks. Ich habe noch etwas zu arbeiten und freue mich darauf, dann möglichst bald schlafen zu gehen.«

Mama führte Mr. Wishart die Treppe hinauf. Charlie sah den kleinen Hund hinaufspringen und rannte hinterher.
»Wir haben zurzeit noch einen anderen Hund im Haus«, erklärte Mama. »Leider ist er nicht so gut erzogen wie dieser kleine Kerl hier.«
»Kein Problem«, versicherte Mr. Wishart. »Ich werde fast die ganze Zeit außer Haus sein. Morgen habe ich reichlich in der Umgebung zu tun. Deshalb möchte ich auch gern ziemlich früh frühstücken. Ist sieben Uhr möglich?«
»Selbstverständlich«, antwortete Mama.
Charlie spürte die Enttäuschung wie einen Stich. Jetzt war sein Traumhund hier und er würde ihn kaum sehen. Jedenfalls nicht, wenn Mr. Wishart den ganzen Tag unterwegs war. Mama kam aus dem Zimmer. Sie blickte erst auf den kleinen Hund, dann auf Charlie, verdrehte die Augen und ging die Treppe hinunter.
Mr. Wisharts Tür stand noch offen. Charlie sah, wie er seine Jacke in den Schrank hängte. Boy schnüffelte gleich neben der Tür am Teppich. Charlie kniete nieder und streichelte ihn.
»Ich bin ganz verrückt nach Hunden«, sagte er und kraulte Boy am Ohr. »Wie lange bleiben Sie, Mr. Wishart?«
»Am Montagmorgen reise ich ab.«
Morgen war schon Sonntag. Nur ein einziger Tag, dachte Charlie.
»Ich kenne hier viele schöne Stellen für Hunde und jede Menge Spazierwege. Wenn Sie wollen, könnte ich sie Ihnen zeigen.«
Mr. Wishart wandte sich um und griff nach seiner Aktentasche. »Das ist nett, aber ich fürchte, ich werde keine Zeit dazu haben, Charlie.« Mit einer Kopfbewegung

deutete er auf Boy. »Aber ich bin ziemlich sicher, dass ihr zwei auch ohne mich eine schöne Zeit miteinander verbringt.«

Charlie konnte seinen Ohren kaum trauen. Oder seinem Glück.

»Wirklich? Super!«, brachte er hervor. »Machen Sie sich nur keine Sorgen, Mr. Wishart. Wir kommen bestimmt gut miteinander aus, nicht wahr, Boy?«

Boy sprang in die Höhe und wedelte heftig mit seinem gelben Schwanz.

»Also, nun sollte ich aber ...«, sagte Mr. Wishart, zog einen Stapel Papiere aus der Aktentasche und setzte sich an den Tisch.

»Ja, selbstverständlich«, sagte Charlie und ging rückwärts aus der Tür.

»Äh, was ist mit Boy?« Der kleine Hund blickte zu ihm auf. »Möchtest du noch etwas zu fressen oder zu trinken, Boy?«

Schon stand Boy erwartungsvoll an der Tür.

»Sieht fast so aus, als verstünde er jedes Wort von dir, findest du nicht auch?«, bemerkte Mr. Wishart.

Charlie lächelte. »Hundefutter und so steht unten im Wirtschaftsraum«, sagte Charlie. »Am besten nehme ich ihn mit nach unten.«

Mr. Wishart blätterte in seinen Papieren. »Ja, tu das!«, sagte er.

Boy folgte Charlie die Treppe hinunter. Mama war in der Küche.

»Haben wir noch ein bisschen Hundefutter, Mama?«, fragte Charlie.

»Hat Mr. Wishart keins mitgebracht?«

»Es sieht nicht so aus«, behauptete Charlie.

»Dann musst du etwas von Madonnas Futter aus dem Schrank im Wirtschaftsraum nehmen. Ich ersetze es dann später. Ehrlich! Meinst du nicht auch, er hätte wenigstens erwähnen können, dass er einen Hund mitbringt?«, fragte sie etwas gereizt.
Boy saß geduldig wartend da und schaute von einem zum anderen.
»Ich glaube, ganz hinten im Schrank stehen noch ein paar Näpfe«, sagte Mama.
Boy folgte Mutter und Sohn in den Wirtschaftsraum.
»Ja, hier sind sie«, sagte Mama und holte die Näpfe heraus.
Charlie füllte einen davon mit Wasser, den anderen mit Futter und stellte beide auf den Boden.
»Hier, Boy, für dich!«
Boy fraß und trank gierig.
»Morgen ist er ja wohl den ganzen Tag unterwegs«, sagte Mama. »Viel werden wir von Mr. Wishart und seinem Hund also nicht sehen.«
»Ähm, er hat gesagt, dass ich morgen auf den Hund aufpassen darf, Mama. Ich hab angeboten mit ihm spazieren zu gehen.«
»Also, wirklich!«, sagte Mama und nahm ein paar Küchentücher vom Trockengestell. »Ich finde, er nimmt sich ziemlich viel heraus!«
»Ich möchte es so gern, Mama! Und er macht bestimmt keinen Ärger!«
Mama sah Boy misstrauisch an. Er zeigte die demütige Haltung eines Hundes, der gar nicht darauf käme, Ärger zu machen.
»Na, hoffentlich hast du Recht, Charlie«, sagte sie seufzend und nahm einen Stapel frischer Tücher. »Mit Hun-

den habe ich in dieser Woche wahrhaftig mehr als genug erlebt!«

»Wir werden dir nicht im Weg sein, Mama!«, rief Charlie ihr nach.

»Hast du das gehört, Boy?«, fragte er, während er sich nach dem leeren Futternapf bückte. »Merkst du, wogegen wir beide anzukämpfen haben? Es gibt ein paar Dinge, die du auf keinen Fall vergessen darfst, solange du hier bist«, fuhr er fort, während er den Napf unter dem Wasserhahn ausspülte. »Zuallererst: Setz dich niemals auf irgendwelche Möbel!«

Er schaute hinunter. Boy trottete gerade aus der Tür. Charlie stellte den Napf ab und ging auf den Flur hinaus. Boy erschnüffelte seinen Weg durch die Diele. Hin und wieder blieb er stehen um gründlicher zu prüfen. An der Stelle, an der Madonna vorhin gesessen hatte, warf er Charlie einen Blick voller Verständnis und Mitgefühl zu. Dann setzte er seinen Weg zum Fernsehraum fort und drückte die Tür auf. Charlie folgte ihm. Madonna lag ausgestreckt auf der großen Couch, sodass sich die Zwillinge in die Ecken drücken mussten. Mama war es längst müde geworden, Familie Biggins daran zu erinnern, dass Hunde auf den Polstermöbeln nichts zu suchen hätten. Als Madonna den kleinen Hund sah, sprang sie auf und stürzte ihm entgegen, wobei sie die Zwillinge mit ihren großen Pfoten einfach niedertrampelte.

»Weg da, Madonna!«, riefen sie.

»Platz!«

»Aus dem Weg!«

»Wir können nichts sehen!«

»Mum! Dad!«

Madonna sprang herum und bellte nur noch mehr.

»Platz, Liebling!«, rief Mr. Biggins aus seinem Sessel. Doris und Peggy seufzten und standen auf um den Raum zu verlassen.
Das Durcheinander lockte Dad an.
»Mr. Biggins«, rief er über das Gebell hinweg, »wenn Sie Madonna hinausbringen würden, dann würde sie sich vielleicht beruhigen.«
»Sie kann gar nichts dafür«, klagte ein Zwilling.
»Der kleine Hund da!«, der andere Zwilling deutete auf Boy. »Der hat angefangen!«
Der kleine Hund schaute von einem zum anderen. Dann trat er ein paar Schritte auf Madonna zu und funkelte sie an. Madonna hielt inne und schnüffelte in Boys Richtung. Ein leises, knurrendes Geräusch kam tief aus Boys Kehle. Madonna erstarrte. Sie sah Boy verwirrt an. Das Fell auf Boys Nacken und Rücken sträubte sich. Er wandte keinen Blick von Madonna. Mit einem tiefen Knurrlaut trat er noch einen Schritt vor. Madonna zog erst den Kopf ein, dann den Schwanz. Sie floh in die entfernteste Ecke des Sofas zurück, ließ sich fallen, wälzte sich auf die Seite und schaute die Zwillinge wie um Hilfe flehend an. Boy nickte leicht, als wollte er sagen: So ist es schon besser!
»Ich kann es nicht fassen!«, sagte Peggy und setzte sich wieder. »Hast du das gesehen, Doris?«
»Da, da ... Hundchen!« Jodie deutete auf Boy.
»Er gehört einem anderen Gast – Mr. Wishart«, erklärte Charlie.
Aber Boy war noch nicht fertig mit Madonna. Er richtete einen siegessicheren vernichtenden Blick auf sie. Madonna winselte kläglich. Boy trat mit einer winzigen Kopfbewegung an das Sofa heran.

Es sollte heißen: Runter mit dir vom Sofa, du großer, haariger, ungezogener Hund!
Mit einem erneuten Winseln rutschte Madonna vom Sofa, streckte sich auf dem Teppich aus und kroch zu Kreuze.
»So etwas habe ich noch nie gesehen«, staunte Peggy. »Das ist mal ein kluger Hund!«
»Du, Dad, so ein kleiner Hund darf doch unsere Madonna nicht herumkommandieren! Das darfst du nicht erlauben! Madonna war schließlich zuerst hier!«, beschwerte sich ein Zwilling.
»Komm, Madonna! Hierher!«, befahl ihre Zwillingsschwester und klopfte auf das Sofa.
Madonna blieb, wo sie war, und duckte sich unter Boys Blick.
»Das wird nicht klappen«, sagte Charlie. »Madonna ist zwar größer und lauter – aber Boy ist der Boss. Das riecht sie. Hunderte von Chemikalien, die Hunde in ihren Duftdrüsen haben, geben anderen Hunden über sie Auskunft. Das können sie riechen. Und Madonna weiß jetzt genau, wer hier der Rudelführer ist, seht ihr?«
»Eine merkwürdige Sache«, bemerkte Peggy.
Charlie sah Dad an und lächelte breit. »Komm, Boy!«, rief er und der Klang dieser Worte gefiel ihm.
»Schade, dass deine Mutter das nicht gesehen hat«, meinte Dad.
»Wo ist sie? Ich muss ihr das gleich erzählen! Mama!«, rief Charlie.
Seine Mutter war vor dem Haus und goss die Blumenkästen.
»Eben hättest du Boy sehen müssen! Er war fantastisch!«

Sie richtete sich auf und strich ihr Haar zurück. Boy sah hechelnd zu ihr hoch, während Charlie ihr alles erzählte.

»Das ist kein Witz, Maggie«, bestätigte Dad, als Charlie mit seinem Bericht fertig war. »Ich wünschte, du hättest das gesehen!«

»Das wünschte ich auch«, sagte Mama.

»Dafür hat er doch einen Keks verdient, oder?«, fragte Dad.

»Mindestens zwei Kekse«, antwortete Mama und lächelte Charlie zu. »Na los, hol sie schon!«

Nachdem Charlie ihm seine Belohnung gegeben hatte, nahm er Boy mit in sein Zimmer und schloss die Tür. Er setzte sich auf sein Bett, stützte die Ellbogen auf die Knie und schaute auf den Hund hinunter.

»Gut gemacht, Boy!«, sagte er und zauste ihm das Nackenfell mit beiden Händen. Dann ergriff er die schwarze Pfote. »Sogar Mama war beeindruckt und dabei kann sie Hunde nicht leiden. Du bist der unglaublichste Hund, der mir je begegnet ist. Ich hab von dir geträumt, weißt du das? Ich hab mir einen Hund gewünscht und du bist in meinem Kopf erschienen. Einen Hund habe ich mir schon immer gewünscht, aber du bist ein ganz besonderer!«

Boy hielt den Kopf schief, als wäre er von Charlies Worten ganz gefesselt.

»Aber du bist nur einen Tag lang hier, also haben wir nicht viel Zeit. Vielleicht kannst du mir trotzdem helfen. Meine Mama hat etwas gegen Hunde, das hast du ja vielleicht auch schon gemerkt. Nichts für ungut, aber sie kann sie nicht ausstehen. Und seitdem Madonna hier ist, hasst sie Hunde sogar noch mehr. Wenn ihr jetzt jemand zeigen kann, dass Hunde auch ganz anders sein können, dann ändert sie ihre Meinung vielleicht doch noch. Und ich glaube, dafür bist du genau der richtige Hund. Jedenfalls hast du einen tollen Anfang gemacht. Was meinst du? Kannst du so weitermachen? Bestes Benehmen und so? Ihr zeigen, wie sauber Hunde sein können? Keine Haare fallen lassen, nicht ständig mit dreckigen Pfoten durch das Haus laufen? Nicht überall schnüffeln und lecken?«

Boy sah jetzt ein wenig besorgt aus.

»Gut, ich gebe zu, von einem Hund ist das ein bisschen viel verlangt. Aber vielleicht wenigstens, wenn sie in der Nähe ist, ja?«

Boy wirkte erleichtert.

Charlie bückte sich und nahm den Hund auf den Schoß. Der kleine Körper fühlte sich an Charlies Brust ganz warm an. Boy versuchte seine Nase in Charlies Hemdtasche zu vergraben. Charlie lachte und ließ sich auf das Bett zurückfallen. Der Hund wälzte sich auf den Rücken und Charlie kraulte ihm den Bauch. Dann knüllte er ein Blatt Papier zu einem Ball zusammen und warf es hoch. Boy sprang auf, fing den Papierball und stupste ihn zurück.

»Morgen besuchen wir Scottie«, sagte Charlie und erzählte Boy alles über seinen Freund, über Avril, über Lee und Dennis Trencher. Er zeigte ihm auch sein Ringbuch und erzählte ihm sogar ein paar Hundewitze.

»He, Charlie!«, sagte Dad und schob den Kopf durch die Tür. »Du solltest eigentlich längst schlafen. Es ist schon fast zehn Uhr!«

»Wirklich?«, fragte Charlie.

»Und du solltest nicht mehr hier drin sein«, fuhr Dad an Boy gerichtet fort. »Du gehörst nach oben!«

Charlie sah zu, wie Boy vom Bett sprang und zur Tür lief.
»Gute Nacht, Charlie!«, sagte Dad.
»Gute Nacht, Dad!«
Er schloss die Augen und zeichnete in Gedanken ein Bild von sich, wie er neben Boy stand. Dazu schrieb er:

Zwischen uns herrscht manchmal richtige Gedankenübertragung.

Für jeden zeichnete er dann noch eine Gedankenblase dazu. In seine eigene zeichnete er Boy. In Boys Gedankenblase zeichnete er sich selbst.

11

Zwei Hunde vom Land kommen zum ersten Mal in eine Großstadt. Vor den Parkuhren bleiben sie ganz fassungslos stehen.

»Also, weißt du«, sagt der eine, »das kann ja wohl nicht wahr sein: Hier muss man selbst fürs Pinkeln noch zahlen!«

Charlie war am nächsten Morgen früh auf den Beinen und erwartete Mr. Wishart und Boy schon.
»Das Esszimmer ist dort drüben, Mr. Wishart«, sagte er. »Sie hätten ihn gestern Abend sehen sollen! Der andere Hund, der bei uns wohnt, hat ihn angebellt, aber ein Blick von Boy hat genügt und er war ganz still und kleinlaut.«
»Ja, er ist ein schlauer Hund«, sagte Mr. Wishart.
»Schlau? Ich glaube, er ist viel mehr! Seine Tricks ...«
»Mit Müsli und Fruchtsäften können Sie sich am Buffet bedienen«, sagte Mama. »Möchten Sie ein komplettes Frühstück?«
»Nein, danke! Nur Kaffee und Toast«, antwortete Mr. Wishart und schaute auf die Uhr.
»Komm, Boy! Wie wär's mit einem Frühstück für dich?«, sagte Charlie. »Und vergiss nicht, was ich dir gesagt habe! Du musst einen guten Eindruck auf Mama machen«, erinnerte er ihn.

Aber Boy war ihm schon voraus. Er lief in den Wirtschaftsraum und schnurstracks zum Schrank. Dann packte er den Griff mit den Zähnen und zog die Tür auf, schnappte den blauen Plastiknapf, den er am Abend zuvor benutzt hatte, und stellte ihn auf den Boden. Schließlich zerrte er eine Futterbüchse und eine Packung Hundekuchen heraus. Charlie starrte ihn fassungslos an.

»Mann! Das war wirklich eine Leistung, Boy!«

Charlie füllte den Napf und stellte einen zweiten mit frischem Wasser daneben. Dann lehnte er sich an die Wand und plante den gemeinsamen Tag. Er stellte sich vor, wie Boy neben ihm herlief. Er sah schon Scotties erstauntes Gesicht vor sich, der zusah, wie Boy einen Fußball mit der Schnauze vor sich her dribbelte ...

Mama kam mit einem Bündel Wäsche herein und füllte die Waschmaschine.

»Ich muss schon sagen, Mr. Wishart hält sein Zimmer tiptop in Ordnung. Nichts steht am falschen Platz.«

Boy sah sie nachdenklich an. Als sie sich aufrichtete, packte er seinen leeren Napf, kletterte die kleine Trittleiter hinauf, die an der Wand lehnte, und sprang zur Trockenablage neben der Spüle hinüber.

»Geh sofort da runter!«, rief Mama und klatschte in die Hände.

»Warte doch einen Augenblick, Mama!«, bat Charlie.

Boy schob den Napf unter den Wasserhahn und stieß den Hebel mit dem Kopf an. Wasser klatschte in den Napf. Er schob den Hebel wieder zurück, packte die Schüssel, hielt sie schief, damit das Wasser ablaufen konnte, schüttelte sie einmal heftig und stellte sie auf die Abtropfplatte, ehe er wieder hinuntersprang. Dann setzte er sich, offenbar sehr zufrieden mit sich selbst, und schaute zu Mama hinauf. Charlie grinste sie an.

»Wirklich sehr geschickt!«, bestätigte seine Mutter.

»Das ist aber längst nicht alles, Mama! Du hättest ihn vorhin sehen sollen. Da hat er sogar selbst den Schrank aufgemacht und seinen Napf und das Futter herausgeholt. Ich habe dir ja schon gesagt: Nicht alle Hunde sind so wie Madonna. Ich meine, ein Hund wie Boy, der würde doch überhaupt keine Mühe und keinen Ärger machen ...«

»Fang bitte nicht wieder von vorn an, Charlie!«, antwortete Mama seufzend. »Wir haben das alles ausführlich genug besprochen. Und jetzt räumst du bitte Mr. Wisharts Tisch ab, wenn du hier fertig bist, ja? Ich brauche zusätzliche Hände, nicht Pfoten.«

»Er ist doch nicht etwa schon fort?«, fragte Charlie. »Er hat vergessen mir Boys Leine zu geben.«

»Er hatte es sehr eilig«, sagte Mama und nahm Hähnchenschlegel aus dem Gefrierschrank.

»Gut gemacht, Boy!«, lobte Charlie, als Mama hinausgegangen war. »Wirklich ganz ausgezeichnet! Aber du siehst ja selbst, dass wir es mit ihr nicht leicht haben werden!«

Boy blinzelte ihn verständnisvoll an. Er nahm das Paket mit dem Hundekuchen, schob es in den Schrank zurück und drückte die Tür zu. Als sie noch einmal aufsprang, drehte er sich um und versetzte ihr einen heftigen Tritt mit dem Hinterbein, ehe er hinausging.

Charlie war noch eine ganze Zeit mit dem Frühstück der Gäste beschäftigt. Das war sonst immer Avrils Arbeit gewesen. Boy legte sich auf die Matte neben der Haustür. Als die Zeitung in den Briefschlitz geschoben wurde, zog

er sie heraus und lieferte sie bei Dad an der Küchentür ab. Peggy und Doris machten ein großes Getue um ihn, als sie herunterkamen. Charlie hörte zufrieden, dass sie Mama noch einmal die Geschichte mit Madonna erzählten. Als Familie Biggins herunterkam, schlich Madonna auf dem Weg in den Wirtschaftsraum geduckt an ihm vorbei. Dann legte sie sich unter dem strengen Blick Boys ganz gehorsam auf dem oberen Treppenabsatz nieder.
Charlie rief Scottie an.
»Wir haben jetzt noch einen zweiten Hund bei uns, Scottie.«
Erst war ein langer Seufzer zu hören, dann sagte Scottie: »Dann bin ich heute leider sehr beschäftigt, Charlie.«
»Nein, der wird dir ganz bestimmt gefallen!«
»Ich glaube, von Hunden habe ich erst einmal genug, Charlie. Immerhin hat mich einer lebendig begraben, erinnerst du dich?«
»Echt, dieser Hund ist ganz anders! Er ist wirklich verblüffend, ehrlich!«

»Der Hund ist tatsächlich verblüffend!«, sagte Scottie. Sie hatten sich gesetzt um wieder Atem zu schöpfen, nachdem sie mit Boy Fußball gespielt hatten. Der hatte ihnen den Ball unter den Füßen weggedribbelt, hatte sich geduckt, hatte Haken geschlagen, bis sie völlig erschöpft waren.
»He, Boy«, sagte Scottie und zog seine Mundharmonika aus der Tasche, »das ist ganz besonders für dich!«
Er stürzte sich in »Ein kleiner Hund mit Namen Fips«. Auf Boys Gesicht breitete sich ein schmerzlicher Ausdruck aus. Er kauerte sich hin und legte die Pfoten über die Ohren.

»Ich glaube, er will dir etwas zu verstehen geben«, sagte Charlie lachend.
Boy sprang auf und jagte hinter einem Eichhörnchen her.
»Übrigens, das ist alles noch viel unglaublicher, als du denkst. Ich habe nämlich schon von Boy geträumt, gleich nachdem ich die Sternschnuppe gesehen hatte.«
»Was für eine Sternschnuppe?«, fragte Scottie.
Also erzählte Charlie ihm alles. Auch von seinem Wunsch und von seinem Traum.
»So etwas gibt es nicht!«, behauptete Scottie.
»Ich weiß«, gestand Charlie ihm zu. »Und du hättest ihn gestern Abend erst sehen sollen!«
Er erzählte Scottie von Madonna und den ganzen Tricks, die Boy beherrschte. »Leider hab ich ihn nur heute – Mr. Wishart reist morgen wieder ab.«
»Es kann gar nicht derselbe Hund sein. Das ist alles bloß ein Zufall!«, behauptete Scottie. »Ich habe einmal geträumt, meine Oma hätte mir eine ganz schreckliche Pudelmütze und passende Fäustlinge gestrickt. Und dann hat sie's wirklich getan!«
»Hast du aber nie angehabt«, wunderte sich Charlie.
»Doch, die Mütze. Ein einziges Mal, als wir meine Oma besucht haben. Mum hat mich dazu gezwungen. Und dann habe ich sie zufällig verloren«, sagte Scottie bedauernd. »In dem Sack für die Kleiderspende, den Mum hinausgestellt hatte.«

Der Tag verging zu schnell und wurde noch durch dunkle Wolken und einen kalten Nieselregen verkürzt. Charlie und Boy machten sich auf den Heimweg. Als sie die Straße überquerten, hörte Charlie ei-

nen Ruf. Er drehte sich um. Denny Trencher kam auf ihn zu geschlendert. Charlie rannte los und Boy blieb dicht neben ihm. Sie stürzten in den Fotomaten vor der Spielhalle und Charlie zog den Vorhang zu. Aufatmend hob er Boy auf den Schoß und sorgte dafür, dass seine Pfoten nicht zu sehen waren. Dann zählte er bis hundert. Dann noch einmal. Sein Herzschlag wurde wieder normal. Vorsichtig spähte er hinaus. Die Luft war rein.
»Wenn du den wieder siehst, dann musst du ganz wild bellen!«, befahl er Boy. »Das ist Denny Trencher und der ist hinter mir her!«

Charlie zog seine Turnschuhe an der Hintertür aus.
»Guck mal, da sind lauter Pfotenspuren von dir!«, sagte er zu Boy und deutete auf die Schmutzflecke auf dem Boden. Boy betrachtete sie mit einem Blick, der deutlich ausdrückte: Ja, und? Ich bin ein Hund. Ich habe Pfoten. Und es regnet!
»Du musst dir die Pfoten abputzen. So!«, sagte Charlie und machte es ihm vor.
Den Kopf auf die Seite gelegt sah Boy ihm zu. Dann betrachtete er seine Pfoten und wischte sie auf der Matte ab.
»Siehst du!«, sagte Charlie. »Das ist gar nicht schwer, oder?«
Mama kam aus der Küche.
»Hast du das gesehen, Mama! Er hat sich sogar die Füße abgetreten!«
»Hm«, sagte Mama voller Zweifel. »Aber jedenfalls erst, nachdem er meinen frisch geputzten Fußboden verdreckt hat.«

Boy begutachtete den Fußboden. Dann setzte er sich aufs Hinterteil und rutsche vorwärts, wobei er den Schwanz wie einen Besen hin und her schwang.
Mama lachte.
»Siehst du!«, grinste Charlie.
»Ich gebe zu, er ist schon ein ganz besonderer Hund! Er hat ja auch schon einen ganzen Fanclub. Doris und Peggy finden ihn wunderbar!«
Charlie setzte sich auf den Boden und legte den Arm um den Hund.
»Also gut, solange er hier ist, mach das Beste daraus, Charlie«, fuhr Mama fort. »Aber bilde dir ja nicht ein, dass ich meine Meinung ändere. Du bekommst keinen Hund!«
»Ich will keinen anderen Hund, Mama! Ich will diesen hier! Ich will nicht, dass er fortgeht. Er ist etwas ganz Besonderes, Mama. Er ...«
Die Worte blieben ihm im Hals stecken.
»Ich möchte ihn einfach behalten, das ist alles!«
Mama hockte sich nieder und legte den Arm um ihn.
»Ich weiß, Charlie. Aber so liegen die Dinge nun einmal. Nimm es nicht so tragisch, Charlie. Davon geht die Welt nicht unter!«
Charlie kam es aber doch wie ein Weltuntergang vor. Noch nicht einmal einen ganzen Tag gehörte dieser kleine Hund jetzt zu Charlies Welt. Aber er wusste: Wenn Boy wieder fort war, würde ihm alles irgendwie leerer vorkommen. Als Mama hinausging, zog er Schuhe und Mantel an.
»Ich gehe noch mal raus!«, rief er. »Komm, Boy!«
Er hörte, dass ihm seine Mutter irgendetwas nachrief. Er schloss die Tür und lief hinaus. Die Zeit war kostbar. Er

wollte sie mit Boy verbringen und nicht Mama helfen. Erst nach einem Weilchen merkte er, dass er den Weg zu Avril eingeschlagen hatte. Boy lief neben ihm her. Er brauchte keine Leine. Die ganze Zeit schaute er mit einem besorgten Blick zu Charlie auf. Mr. Wishart hatte Recht. Boy weiß wirklich, was ich denke! Das war – wie hieß das doch gleich? – Ja, etwas wie Telepathie, dachte Charlie. Wie Gedankenübertragung.

Avrils Haustür stand offen. Der Junge mit dem Pferdeschwanz kauerte von Fahrradteilen umgeben im Flur. Das Mädchen stritt sich wieder am Telefon. Charlie stieg die Treppe hinauf. Boys Nase nahm heftig zuckend die vielen Gerüche auf. Charlie klopfte an Avrils Tür.

»Herein!«, rief sie.

Er trat ein und hätte am liebsten sofort wieder kehrtgemacht. Aber seine Beine wurden ganz schnell puddingweich. Denny Trencher saß auf dem Bett. Er starrte Charlie etwas verwundert an. Boy warf einen Blick auf Denny und fing sofort an zu bellen. Wie wahnsinnig sprang er um Dennys Füße und kläffte ihn an. Charlie erinnerte sich, was er Boy gesagt hatte. Denny sah fast erschrocken aus.

»Was ist denn jetzt los?«, rief Avril.

»Boy! Aus, Boy!«, befahl Charlie. »Du kannst mit dem Bellen aufhören!«

Der Hund schwieg sofort, warf Charlie einen erstaunten Blick zu, legte sich auf den Boden und schnüffelte an einem Trikot, das über einer Stuhllehne hing. Charlie atmete tief ein und sah Denny an. »Also gut, ich gebe es zu!«, platzte er heraus. »Ich habe ihn ein Fliegenhirn genannt! Aber er hat ständig genervt und er hat mein Lineal zerbrochen. Es tut mir ja Leid und so, aber ...«

Die Worte quollen nur so aus ihm heraus.

»Also, bringen wir's hinter uns«, endete er. »Los, verhau mich!«

Er schloss die Augen, stand steif da und erwartete das Schlimmste.

»Er muss durchgedreht sein«, vermutete Avril.

»Ist das nun dein Bruder oder ist das Alistair?«, fragte Denny und sah ziemlich verwirrt aus.

»Alistair? Wer ist Alistair?«, fragte Avril.

»Ich!«, erklärte Charlie und öffnete die Augen. »Wenigstens hat Scottie gesagt, ich wäre Alistair. Aber der bin ich nicht. Ich bin Charlie«, gestand er Denny.

»Warum soll denn Scottie so etwas gesagt haben?«, fragte Avril und schüttelte den Kopf, dass ihre grünen Haarschlangen flogen. »Und wer ist ›das Fliegenhirn‹?«

»Lee! Sein Bruder Lee!«, sagte Charlie und deutete auf Denny. »Nein, so meine ich das nicht. Er ist kein Fliegenhirn ...«

Er wusste selbst nicht mehr genau, was er meinte.

»Also, was ist?«, fragte er. »Verhaust du mich nun oder nicht?«

»Warum sollte er dich denn verhauen?«, fragte Avril.

Boy schaute zu ihm auf und sein Blick fragte genau dasselbe.

»Ja«, wiederholte Denny. »Warum sollte ich dich eigentlich verhauen?«

»Weil ich ihn ein Fliegenhirn genannt habe!«, rief Charlie verzweifelt.

»Das war nicht sehr nett von dir«, sagte Avril.

»Ich weiß«, rief Charlie und hob ratlos die Hände. »Also, ich erzähle euch das von Anfang an. Es war in Mathe, versteht ihr?«

Sie hörten zu und Charlie erzählte seine Geschichte.
»Also, glaub mir, er hat mir kein Wort davon erzählt. Das wäre ja auch reine Zeitverschwendung gewesen«, sagte Denny. »Ich lauf doch nicht durch die Gegend und haue anderen Leuten in Lees Auftrag auf die Nase. Lee wollte dir bloß Angst machen. Aber besonders nett war es echt nicht, dass du ihn ein Fliegenhirn genannt hast. Wirklich nicht nett!«
»Du Blödmann!«, sagte Avril. »Denny hat mir beim Training im Studio geholfen. Er wusste, wer du bist, weil er uns zusammen bei Mr. Quix gesehen hat. Und ich hab ihm erzählt, dass du völlig hundeverrückt bist. Denny arbeitet nämlich im Hundeheim und wollte dich nur fragen, ob du am Wochenende mal vorbeikommen und dir alles ansehen willst. Das ist die Überraschung, von der ich dir erzählt habe. Erinnerst du dich? Aber jedes Mal, wenn er dich gesehen hat, bist du weggelaufen. Dabei kann er keiner Fliege etwas tun. Er ist ein Riesensoftie, stimmt's, Denny?« Sie tätschelte ihm die Wange. Dennys Gesicht wurde fast so rot wie seine Stiefel.
Überraschung?, dachte Charlie. Und ich habe jedes Mal, wenn ich ihn gesehen habe, beinahe einen Herzanfall gekriegt. »Ach so, ich verstehe!«, sagte er seufzend.
»Dann ist also alles okay?«, fragte Avril.
»Ja, alles okay«, murmelte Charlie.
»Sehr glücklich scheinst du darüber nicht zu sein«, sagte Avril ein wenig verärgert. »Willst du keine Führung durch das Hundeheim?«
»Ja, doch, möchte ich schon. Klasse. Danke, Denny.«
»Netter kleiner Hund«, sagte Denny, kniete nieder und streichelte Boy. »Nur diese Bellerei ist eine Unart. Solltest du ihm abgewöhnen.«

Boy schaute ihn an, als wollte er sagen: Ich habe doch bloß getan, was man mir befohlen hat!

»Er gehört einem von unseren Gästen. Ich kümmere mich nur um ihn«, sagte Charlie. »Aber ich glaube, ich sollte jetzt besser gehen.«

»Alles in Ordnung, Charlie?«, fragte Avril verwundert.

Er nickte und ging hinaus.

»Na, dann tschüss mal!«, rief Avril.

Nein, es ist nicht alles in Ordnung, dachte Charlie, als er die Treppe hinunterging. Ich sollte mich super fühlen. All dieses Theater, nur weil ich geglaubt habe, Denny wäre hinter mir her. Das ist jetzt vorbei. Und auch wenn ich froh bin, dass es vorbei ist, fühle ich mich nicht erleichtert. Ganz schrecklich fühle ich mich. Weil ich weiß, dass Boy morgen früh abreist. Der Abschied rückt immer näher. Wie soll ich mich da wohl fühlen? Nie läuft es, wie man's sich vorstellt. Nicht wirklich. Und überhaupt, Lee ist kein Fliegenhirn, er ist ein totales ... Und er stellte eine lange Liste aller üblen Schimpfwörter auf, die ihm einfielen.

12

Fred: »Mein Hund ist weggelaufen.«

Jim: »Warum setzt du keine Anzeige in die Zeitung?«

Fred: »Sinnlos! Er kann doch gar nicht lesen.«

Charlie erwachte am Montagmorgen und wusste sofort, dass etwas Schreckliches auf ihn wartete. Dann erinnerte er sich. Er hörte ein Kratzen an seiner Tür, sprang auf und öffnete. Boy kam hereingesprungen. Als Charlie ihn auf den Arm nahm und zum Bett trug, sah er, dass Mr. Wisharts Aktentasche und Koffer zum Aufbruch bereit neben der Haustür standen. Er hörte, dass Mama mit ihm sprach, während sie ihm das Frühstück servierte.

»Du bist früh auf, Charlie«, sagte Dad.

»Boy fährt heute früh ab«, antwortete Charlie leise.

»Er wird dir fehlen, nicht wahr, mein Junge?«, fragte Dad.

»Zeig Dad deinen Trick, Boy!«, sagte Charlie. »Geh, mach die Tür auf!«

»Das ist ja unglaublich«, staunte Dad, während er Boy zusah.

»Und den Wasserhahn kann er auch öffnen«, erklärte ihm Charlie.

»Wie kannst du überhaupt fressen?«, warf Charlie dem Hund vor. »Wirst du mich denn gar nicht vermissen? Du könntest wenigstens ein bisschen betrübt aussehen!«

Er hörte Mama rufen.

»Also komm«, sagte er. »Unsere Zeit ist abgelaufen.«

Mr. Wishart wartete in der Diele.

»Guter Junge!«, rief er, bückte sich und streichelte den kleinen Hund.

»Ein toller Hund, wirklich!«, sagte Dad.

»Ja, das habe ich auch schon gehört«, antwortete Mr. Wishart. »Was schulde ich Ihnen, Mrs. Sparks?« Und er zahlte seine Rechnung.

»Auf Wiedersehen – vielen Dank! Ich wünsche Ihnen eine gute Reise!«, sagte Mama und öffnete die Tür.

Charlie stürzte auf Boy zu und drückte ihn noch einmal verzweifelt an sich. »Auf Wiedersehen, Boy!«, flüsterte er. »Du wirst mich doch hoffentlich nicht vergessen? Ich vergesse dich jedenfalls bestimmt nie!«

Mr. Wishart nahm sein Gepäck und trat vor das Haus.

»Lass ihn gehen, Charlie!«, sagte die Mutter.

Charlie stand auf. Boy schaute zu ihm hoch. Charlie schaute hinunter. Er sah das schmale gelbe Gesicht, ein gespitztes und ein herabhängendes Ohr, die braunen Augen, die wie glänzende Kiesel aussahen. Er wusste, dass dieses Bild immer in seinem Gedächtnis bleiben würde. Wie ein Foto in einem Album. Er selbst fühlte sich ebenso, an einen Fleck gebannt. Er konnte sich nicht rühren und nichts sagen.

»Nun geh schon, du dummer Hund!«, sagte Mama und schob Boy behutsam vorwärts. »Mr. Wishart, vergessen Sie Ihren Hund nicht!«, sagte sie lachend.

»Wie bitte?«, fragte er und wandte sich um.
»Ihren Hund!«, wiederholte Charlies Mutter.
Mr. Wishart sah erstaunt aus. »Ich habe keinen Hund«, sagte er.
Jetzt wurde Mama ungeduldig. Sie deutete auf Boy, der den Blick von einem zum anderen wandern ließ.
Mr. Wishart kam ein paar Schritte zurück und sah auf Boy hinunter.
»Das ist doch Ihr Hund!«, sagte er.
»Ganz gewiss nicht!«, widersprach Mama.
»Aber er lebt doch hier«, sagte Mr. Wishart.
»Nein, das tut er nicht. Er ist mit Ihnen hereingekommen«, sagte Mama, »also muss es Ihr Hund sein!«
»Ja, er ist mit mir gekommen«, bestätigte Mr. Wishart. »Er saß vor der Tür. Aber er ist nicht mein Hund.«
»Aber Sie kannten doch seinen Namen«, rief Charlie.
»So, wirklich?« Mr. Wishart kratzte sich nachdenklich am Hinterkopf.
»Ja! Sie haben ihn Boy genannt und so heißt er auch!«, erklärte Charlie.
»Aber so hast du ihn doch gerufen, oder etwa nicht?«
»Einen Augenblick mal, Charlie!«, sagte seine Mutter. »Woher kanntest du seinen Namen? Woher kommt dieser Hund? Hast du da etwas eingefädelt? Wenn du glaubst, du könntest mich mit einem Trick dazu bringen, dass ich dir erlaube einen streunenden Hund zu behalten ...«
Mama und Dad und Mr. Wishart starrten ihn an.
»Hat er denn kein Namensschild oder so etwas?«, fragte Dad und bückte sich.
»Nein. Nur ein Halsband. Ich habe nachgesehen«, sagte Charlie.

»Aber er hat doch vor Ihrem Zimmer geschlafen«, sagte Dad zu Mr. Wishart.
»Das habe ich auch bemerkt«, bestätigte der.
»Du hast ihn ja raufgeschickt, Dad«, erinnerte sich Charlie.
Er war genauso verblüfft wie alle anderen. Aber darauf kam es nicht an. Jetzt war nur wichtig, dass Boy nicht fort musste. Das große, dunkle und leere Gefühl in ihm wich einem warmen Glanz. Charlie sprang in die Luft und ballte die Fäuste.
»Ja! Ja! Ja!«, schrie er.
»Platz, Boy!«, sagte Dad und lächelte Charlie zu.
Boy umkreiste Charlie wie wild. Charlie nahm ihn auf dem Arm und stolzierte mit ihm in der Diele auf und ab.
Mr. Wishart schaute auf die Uhr. »Es tut mir Leid, aber ich muss jetzt los«, sagte er. »Auf Wiedersehen, Boy! Es war nett, dich kennen zu lernen. Alles Gute!«
Mama schloss die Tür.
»Charlie, in die Küche!«, befahl sie. »Ich will jetzt die Wahrheit über diesen Hund wissen. Und du kannst draußen bleiben!«, sagte sie zu Boy und öffnete die Hintertür. »Bring ihn hinaus, Charlie!«
Charlie versuchte die Sache mit seinem Traum zu erklären. Das war nicht leicht. Er konnte sich nämlich das Lachen kaum verkneifen. Ein kleiner, haariger Kopf erschien immer wieder im kleinen Fenster der Tür. Alle paar Sekunden sprang Boy draußen in die Höhe.
»Hat dieser Hund eigentlich ein Trampolin, oder was?«, fragte Mama.
»Ehrlich, Mama!« Charlie lachte. »Ich weiß nicht, woher er ist. Ich habe ihn nie vorher gesehen – abgesehen davon, dass ich von genau so einem Hund geträumt habe.«

»Eines scheint jedenfalls sicher zu sein«, sagte Mama. »Wir haben einen streunenden Hund in unser Haus aufgenommen.«
Boy schnüffelte jetzt im Garten herum. Eine Seemöwe saß auf dem Zaun und starrte ihn an. Boy warf ihr einen flüchtigen Blick zu, gähnte und schnüffelte weiter. Die Möwe landete auf dem Gartenweg und marschierte auf und ab. Boy saß da und kratzte sich. Die Möwe kam neugierig auf ihn zu. Boy sprang, packte die Möwe beim Hals, schüttelte sie und setzte sie dann wieder ab. Kreischend flatterte sie davon. Mama lief gerade noch rechtzeitig hinaus um zu sehen, dass Boy am Zaun das Bein hob.
»Hör sofort auf! Es ist schon schlimm genug, dass die Möwen den Garten als öffentliches Klo benutzen, ohne dass jetzt auch noch Hunde überall hinpinkeln!«, rief sie verärgert.
»Das sieht für dich vielleicht so aus«, sagte Charlie. »Tatsächlich markiert er nur sein Territorium, das ist alles. Du solltest dich darüber freuen. Erst hat er dieser Möwe Angst eingejagt und seine Duftmarke sagt ihnen jetzt, dass sie hier nichts zu suchen haben.«
»Damit hat Charlie wahrscheinlich Recht«, nickte Dad.
»Also habe ich wohl die Wahl zwischen Möwendreck und Hundepfützen! Vielen Dank!«
Sie ging in die Diele. »Ich höre Peggy und Doris herunterkommen. Wir reden später noch darüber, Charlie!«
»Dann kann er also hier bleiben?«, fragte Charlie. »Bitte, Mama!«
»Selbstverständlich nicht, Charlie!«, antwortete sie.
»Dad?«, bettelte Charlie.
»So einfach ist das nicht, mein Junge«, sagte Dad.

»Er gehört uns doch nicht, Liebling!«, sagte Mama. »Boy hat irgendeinen anderen Besitzer. Und der wird nach ihm suchen!«
»Und wenn sich nun niemand meldet?«, fragte Charlie.
»Schlimmstenfalls müssen wir ihn eben ins Hundeheim bringen«, sagte sie, während sie hinausging.
»Nein«, jammerte Charlie niedergeschlagen.
»Ich bin sicher, dass es dazu nicht kommen wird, mein Junge«, sagte Dad. »Aber deine Mutter hat Recht. Boy gehört uns nicht. Seine Besitzer werden ihn vermissen – einen so netten kleinen Hund!«
Er öffnete die Hintertür. Boy kam hereingelaufen. Dad nahm ihn auf den Arm und wiegte ihn wie ein Baby. Boy blinzelte zu ihm auf.
»Die platzen doch vor Freude, wenn sie wissen, dass du in Sicherheit und wohlauf bist, nicht wahr, Boy?«
Er sah Charlie an. »Hör zu, mein Junge! Deine Mutter steckt bis über den Hals in Arbeit. Sie läuft sich die Füße ab, seitdem Avril weg ist. Und sie ist gekränkt. Und da kommst du und hast nur deine Wünsche im Kopf! Versteh mich nicht falsch. Ich weiß, wie du dich fühlst. Er ist wirklich ein liebenswerter kleiner Hund. Aber du kannst nun einmal keinen Hund haben, verstehst du? Also gib endlich Ruhe!«
Charlie schaute zu Boden.
»Jim, lass den Hund nicht in die Küche!«, sagte Mama, als sie wiederkam. Sie legte Speck auf den Grill und schlug ein paar Eier in die Pfanne.
»Und wer soll auf ihn aufpassen, möchte ich gern wissen? Ich habe heute eine Menge zu tun. Er muss im Wirtschaftsraum bleiben«, sagte sie über die Schulter hinweg.

»Dann gehe ich eben heute nicht zur Schule«, sagte Charlie mit belegter Stimme. »Ich kümmere mich um ihn. Ein Tag wird mir ja wohl nicht gleich schaden. Sag schon ja, Mama! Vielleicht ist heute mein letzter Tag mit ihm.«

»Kommt nicht in Frage!«

»Kein Problem, was, Boy?«, sagte Dad und kraulte ihn unter dem Kinn. »Ich habe doch heute meinen freien Tag. Boy und ich, wir werden sicher gut miteinander auskommen.«

»Vielleicht kannst du ein paar Handzettel in den Geschäften der Umgebung und im Postamt aushängen«, schlug Mama vor. »Und eine Anzeige in der Zeitung müssen wir wohl auch aufgeben.«

»Aber wenn dann jemand kommt, gib ihm Boy nicht mit, ehe ich mich von ihm verabschiedet habe!«, sagte Charlie.

»Wenn der Besitzer tatsächlich hier auftaucht, kann ich ihn nicht hinhalten«, widersprach seine Mutter. »So, und jetzt habe ich doch tatsächlich vergessen, ob Peggy Pilze zu ihrem Rührei haben wollte. Lauf doch schnell zu ihr und frag sie, Charlie!«

Wenn er nicht gerade auf die Uhr im Klassenzimmer schaute, hing Charlie seinen Tagträumen nach. Er wollte unter keinen Umständen auch nur erwägen, dass irgendjemand kommen würde um Boy abzuholen. Er träumte von einem Fahrradkörbchen, das er für Boy bauen wollte. Er sah schon deutlich vor sich, wie Boy auf dem Fahrrad hinter ihm saß. Ob es irgendwo Sturzhelme für Hunde zu kaufen gab? Er würde Boy das Zählen beibringen. Dazu müsste er mit der Pfote klop-

fen oder bellen. Die Vorstellung schlich sich ein, Mama könnte Boy tatsächlich in ein Tierheim bringen, aber er verdrängte sie wieder. Das eigentliche Problem heißt nicht Boy, sondern Mama, dachte er. Ob man Menschen wohl so hypnotisieren konnte, dass sie plötzlich Hunde mochten? Und ob es darüber wohl ein Buch in der Bücherei gab?
Der Tag schlich quälend langsam dahin.

»Es ist die reinste Folter!«, sagte Charlie in der Pause zu Scottie. »Jetzt ist es gerade erst elf Uhr. Noch vier Stunden! Und wenn Boy nun schon weg ist, was dann?«
»Sag deiner Mutter, dass sie dir erlauben muss Boy zu behalten, wenn keiner ihn abholt«, sagte Scottie.
»Sie weiß sowieso, was ich denke«, antwortete Charlie.
»Weiß sie eigentlich, dass du mich dazu gebracht hast, fünf Jahre lang den Hund für dich zu spielen? Erzähl ihr das! Sag ihr, dass es ihre Schuld ist, wenn ich zum bellenden Irren werde!«
Charlie rannte den ganzen Weg nach Hause. Als er um die letzte Ecke bog, vollführte sein Herz einen Hüpfer. Boy schaute durch den Zaun die Straße hinunter und hielt nach ihm Ausschau. Er sprang auf um ihn zu begrüßen und sein Schwanz wedelte stürmisch.
Dad war im Wirtschaftsraum mit einem neuen Regal für sein Terrarium beschäftigt.
»Dieser Hund muss ein eingebautes Radargerät haben«, erzählte er, als Charlie eintrat. »Genau um drei Uhr ist er hinausgegangen und hat sich an die Pforte gesetzt. Er schien genau zu wissen, dass du auf dem Heimweg warst.«
»Hat jemand angerufen?«, fragte Charlie angstvoll.

Dad schüttelte den Kopf. »Dazu ist es noch zu früh. Ich habe heute früh ein paar Zettel ins Postamt und zum Zeitungsstand gebracht und ich habe telefonisch eine Anzeige im Abendblatt aufgegeben.«
Das Telefon läutete. Charlie wurde fast übel. Dad ging in die Küche und nahm den Hörer ab. Charlie stand in der Küchentür, die Hände halb über die Ohren gelegt. Boy schaute durch die Tür.
»Es ist Scottie«, sagte Dad und hielt Charlie den Hörer hin.
»Wie steht's?«, fragte Scottie.
»Er ist noch da«, antwortete Charlie. »Aber ruf nicht wieder an. Ich halte die Spannung nicht aus. Wenn etwas passiert, sage ich dir Bescheid.«
»Sieh dir das mal an, Charlie!«, sagte Dad und zog einen kleinen Hundekuchen aus der Tasche.
»Hier, Boy!«, sagte er dann. Boy hob den Kopf. Vorsichtig legte Dad den Hundekuchen auf Boys Schnauze.
»Ruhig! Ruhig!«, sagte Dad. Boy saß bewegungslos und schielte auf den Leckerbissen auf seiner Nase.
»Nimm!«, sagte Dad.
Boy warf den Hundekuchen in die Höhe, fing ihn auf – und weg war er.
»Lass mich auch mal!«, bat Charlie.
Doch gerade als er den Hundekuchen in der Hand hatte, setzte sich Boy auf und spitzte die Ohren. Dann sauste er hinaus und ließ sich auf der Matte an der Haustür nieder.
»Helft mir mal mit den Einkäufen!«, rief Mama.
»Siehst du, was ich meine, Charlie?«, fragte Dad. »Radar!«

Zwei Tage vergingen. Zwei Tage, angefüllt mit bangem Warten. Wenn Charlie sich nicht gerade darum sorgte, dass jemand kommen könnte um seine Ansprüche auf Boy anzumelden, machte er sich Gedanken darum, was werden sollte, wenn keiner käme. Jeden Tag nach der Schule rannte er nach Hause und wiederholte immer nur den einen Gedanken: Bitte, mach, dass er noch da ist ... Lass ihn noch da sein ...
Allmählich war er ganz besessen davon, nicht auf Fugen zu treten oder unter Leitern hindurchzugehen, weil das Unglück bedeutete. Er trug seine Boxershorts verkehrt herum, weil er sich erinnerte, dass er sie an dem Tag, an dem Boy angekommen war, versehentlich falsch angezogen hatte. Vielleicht brachte ihm das Glück.
»Wir warten noch bis Samstag«, sagte die Mutter, »aber dann, fürchte ich, müssen wir ihn ins Tierheim bringen!«
»Sieh ihn doch nur an, Mama!«, bettelte Charlie und deutete auf den großen Pappkarton vor der Küche, den er dort für Boy aufgestellt hatte. Boy war damit beschäftigt, an einem von Charlies alten Hausschuhen herumzukauen. »Einen besser erzogenen Hund kann man sich doch gar nicht wünschen, oder?«
Boy nahm eine geradezu engelhafte Haltung ein und schaute himmelwärts, als wollte er sich vergewissern, das sein Heiligenschein nicht verrutscht war.

Die Schwestern waren ganz verliebt in ihn. Sogar Familie Biggins hatte ihm verziehen. Madonna bekam einen ganz feuchten Blick, sobald sie ihn sah. Sie brachte ihm sogar ihre zerkaute alte Socke und wälzte sich vor ihm auf dem Boden. Sie nahm die Schuld auf sich, als zwei ganz frische Zuckerhörnchen vom Küchentisch verschwunden waren. Später wurde Boy unter Charlies Bett entdeckt, als er gerade die letzten Krümel aufleckte, und er zeigte einen sehr verletzten Blick, als er beschuldigt wurde.

»Was soll ich nur machen, Scottie?«, fragte Charlie am Mittwochabend auf dem Heimweg vom Strand. Sie blieben stehen und Boy beschnupperte die Reifen eines parkenden Autos.
»Schnell, duck dich!«, rief Scottie und tauchte selbst ab. »Da kommt Denny. Er ist wieder hinter dir her.«
Denny fuhr auf seinem Fahrrad vorüber und winkte nur kurz. Charlie winkte zurück. Scottie erhob sich langsam aus seiner Kauerstellung.
»Du hast ihm zugewinkt!«, sagte er fassungslos. »Du hast ihm zugewinkt und er hat dich nicht zusammengeschlagen!«
»Nein, weißt du, das ist längst geregelt«, sagte Charlie.
»Geregelt? Wie meinst du das? Mir hast du kein Wort davon gesagt, dass es geregelt wäre. Warum nicht?« Er schien gekränkt zu sein.
Charlie erzählte ihm, was sich bei Avril abgespielt hatte.
»Wann war das?«, erkundigte sich Scottie. »Am Sonntag? Das ist drei Tage her! Drei Tage! Ich begreife einfach nicht, dass du mir das nicht gesagt hast!«
»Na ja, tut mir Leid, weißt du«, sagte Charlie kleinlaut. »Ich hatte eben andere Dinge im Kopf.«
Er verabschiedete sich von Scottie an der Straßenecke. Dann öffnete er die Pforte für Boy. Den blauen Kombi, der in die Trafalgar Road einbog und sie langsam suchend entlangrollte, sah er nicht. Der Fahrer schaute aus

dem Fenster. Der Beifahrer auf dem Nebensitz deutete auf das Schild ›Gästehaus Seeblick‹. Der Kombi hielt hinter dem Auto der Familie Biggins.

13

Tierarzt zu einem Hund mit Halsentzündung: »Na, wie fühlt sich denn dein Hals an?«

Hund: »Rau, rau.«

Charlie ging seitwärts am Haus vorbei und trat durch die Hintertür gleich in sein Zimmer. Boy sprang auf sein Bett und vergrub sich unter der Bettdecke.
Lass deinen Hund niemals in dein Bett, dachte Charlie. Das hatte er in sein rotes Ringbuch geschrieben, gleich nach der Überschrift: Was man seinem Hund niemals erlauben darf.
Er stürzte sich auf den zappelnden Klumpen. »Jetzt hab ich dich!«
Er kroch unter die Bettdecke. Zwei zappelnde Klumpen wurden zu einem großen. Weder Boy noch Charlie hörten, dass an der Haustür geläutet wurde.

»Charlie?«, rief Mama.
Zwei Köpfe schoben sich unter der Bettdecke hervor.
»Ja?«, sagte einer von ihnen.
Dann fiel Charlie ein, was Mama von Hunden in Schlafzimmern und ganz besonders in Betten hielt.
Sie schaute zur Tür herein und er wartete auf einen Vortrag über Flöhe und Bazillen und dergleichen. Aber der blieb aus.

»Wir haben dich nicht gehört, als du gekommen bist«, sagte seine Mutter. »Du warst spät dran. Wir haben uns schon Sorgen gemacht ...«
Sie setzte sich auf den Bettrand.
»Charlie, es sieht ganz so aus, als ob wir Boys Besitzer gefunden hätten. Sie haben angerufen, als ihr fort wart. Eben sind sie gekommen. Es tut mir Leid, Liebling!«
Sie klopfte auf die Bettdecke. »Aber es ist ja schließlich gut für Boy, nicht wahr?«
Charlie hatte den Atem vor Schreck angehalten. Doch die Luft musste wieder raus. Es klang wie ein Stöhnen. Er sah Boy an und Boy ihn.
»Komm, Charlie«, sagte Mama freundlich und stand auf.
Die Bettdecke fühlte sich plötzlich bleischwer an. Charlie hatte Mühe sich aufzurichten. Er zwängte die Füße in seine Turnschuhe. Sie wollten sich nicht bewegen und für einen Augenblick war ihm, als wären die Schuhe am Boden festgenagelt.
»Am besten, du bringst es schnell hinter dich«, sagte Mama und griff nach seiner Schulter. Boy schlich mit gesenktem Kopf und eingeklemmtem Schwanz nebenher.
Sie folgten Mama in das Esszimmer.
»Das ist er!«, sagte eine Stimme. »Siehst du, Daddy, das ist Boy. Komm her, Boy! Komm her!«
Ein Junge, älter als Charlie, vielleicht dreizehn, rannte auf Boy zu. Charlie fielen seine teuren Reebokschuhe auf.
»Wo bist du denn nur gewesen? Wir haben dich überall gesucht!«
Er hockte sich nieder und machte einen ziemlichen Wirbel. Dann griff er in die Tasche seines Kapuzensweat-

shirts und streckte Boy eine Hand voll kleiner Hundekuchen hin.
»Komm, für dich! Die magst du doch besonders gern!«
Der Vater des Jungen, in Jeans und schwarzer Lederjacke, lächelte.
»Also, das ist vielleicht eine Erleichterung«, sagte er lachend. »Wir haben wirklich überall gesucht.«
Er zog eine Leine aus der Hosentasche und befestigte sie an Boys Halsband. Boy schnupperte misstrauisch daran.
»Charlie, das ist Mr. Kelly.« Dad machte ein Gesicht, das deutlich ausdrückte: Tut mir Leid, mein Junge, aber so ist es nun einmal.
»Er ist aus dem Garten fortgelaufen«, sagte Mr. Kelly. »Nicht wahr, Rick?«
»Ja«, bestätigte Rick und nickte.
Charlie beobachtete Boy. Der hatte jedes Interesse an den Leckerbissen verloren. Er blickte zu dem Mann und seinem Sohn auf und wandte sich dann Charlie zu.
»He, hierher, Boy!«, rief Rick und riss ihn zurück.
Er drückte Boy zu Boden.
»Du brauchst ihn nicht ...«, fing Charlie an.
»Willst du mir etwa sagen, was ich mit meinem eigenen Hund zu tun habe?«, fragte Rick.
»Langsam, langsam!« Mr. Kelly lächelte. »Es gibt gar keinen Grund, so unfreundlich zu dem Jungen zu sein.«
Rick sah Charlie mürrisch an.
»Ich nehme an, die ganze Geschichte regt ihn ein bisschen auf.« Mr. Kelly wandte sich an Charlie. »Es sieht so aus, als hättest du dich an unseren Boy gewöhnt, wie?«

Rick lächelte spöttisch. Boy zerrte heftig an der Leine. Er wollte zu Charlie. Rick zerrte die Leine zurück. Boy winselte leise.

»Und es scheint so, als würde er dich auch vermissen«, sagte Mr. Kelly. »Wir sollten wohl am besten gleich gehen. Danke, dass du dich um ihn gekümmert hast! Ach …«

Er griff in die Tasche, zählte zwei Pfund in Münzen ab und reichte sie Charlie. »Das ist für deine Mühe!«, sagte er.

»Ich will kein Geld!« Die Worte platzten förmlich aus Charlie heraus.

»Warten Sie einen Augenblick«, sagte Dad und steckte die Hände in die Taschen. »Es ist nur – verstehen Sie mich nicht falsch – wir möchten ganz sicher sein, dass da kein Irrtum vorliegt.«

»Da liegt kein Irrtum vor. Es ist unser Hund«, entgegnete Mr. Kelly. »Wir werden doch wohl unseren eigenen Hund kennen, oder?«

»Ja!«, nickte Rick. »Er ist gleich gekommen, als ich ihn gerufen habe. Das haben Sie doch selber gesehen!«

»Ja, aber haben Sie irgendwelche Beweise?«, fragte Dad. Man sah ihm an, dass ihm nicht sehr behaglich zumute war.

»Es ist mein Hund! Sag ihm das, Daddy!«

»Sehen Sie«, warf Mama lächelnd ein. Sie strich sich die Bluse glatt und sah erst Dad, dann Charlie an. »Ich bin sicher, Sie verstehen unseren Standpunkt, Mr. Kelly. Jeder könnte kommen und den Hund für sich fordern. Wir haben ja überall Zettel angeschlagen. Sie würden einen Hund, den Sie gefunden hätten, doch auch nicht einfach an einen völlig fremden Menschen abgeben, oder?«

»Gut, Sie wollen also Beweise?«, sagte Mr. Kelly. »Er heißt Boy. Wir vermissen ihn seit Freitag. Am Samstag ist er bei Ihnen aufgetaucht, nicht wahr?« Er zählte jeden Satz an den Fingern ab. »Was wollen Sie sonst noch für Beweise?«
Er blickte zu seinem Sohn hinüber.
»Und was ist mit seinen Tricks, Daddy? Er kann Türen öffnen und schließen. Hat er das getan? Er holt selbst seinen Futternapf aus dem Schrank, oder etwa nicht?«
Er lachte höhnisch, als er Charlies Gesicht sah.
»Ja, und den Wasserhahn, den kann er auch bedienen. Wer hat ihm das wohl beigebracht, he? Ich war das und niemand sonst!«
Charlie sah seinen Vater flehend an, aber der hob hilflos die Schultern. Das Telefon läutete. »Ich gehe schon«, sagte er.
GEH NICHT!, hätte Charlie am liebsten gerufen. TU WAS!
Aber er starrte nur stumm auf seine Füße. Sie sollten nicht auch noch mitbekommen, dass er weinte. Boys Winseln ließ ihn wieder aufblicken. Der Hund hatte die Ohren flach an den Kopf gelegt, den Schwanz zwischen die Beine geklemmt und sein Blick bettelte verzweifelt. Charlie lief zu ihm. Rick riss scharf an der Leine.
»Fuß, Boy!«, rief er, griff Boy ins Halsband und sah Charlie herausfordernd an.
Boy wehrte sich und jaulte.
»Mama, lass nicht zu, dass sie ihn mitnehmen!«, bat Charlie. »Du siehst doch, dass er nicht will!«
»Komm jetzt, Rick!«, sagte Mr. Kelly seufzend. »Wir bringen ihn nach Hause!«

Mama sah Charlie an, dann wandte sie sich an Mr. Kelly. »Haben Sie vielleicht die Quittung über die Hundesteuer?«, sagte sie. »Wenn Sie mir die zeigen könnten, Mr. Kelly ...«
»Ich verliere allmählich die Geduld, Mrs. Sparks«, sagte Mr. Kelly und ging zur Tür. »Wir nehmen unseren Hund jetzt mit nach Hause!«
Mama schloss die Tür, lehnte sich dagegen und verschränkte die Arme.
»Nein!«, sagte sie.
Charlie starrte sie verblüfft an. Sie warf ihm ein kurzes, angespanntes Lächeln zu.
»Ich habe heute den örtlichen Rundfunksender angerufen, Charlie«, sagte sie.
Mr. Kelly wollte zur Türklinke greifen. Sie stellte sich davor.
»Die Sendung ›Verloren und gefunden‹«, fuhr sie fort. »Dabei bin ich ein wenig in Schwung geraten und habe alles über Boy erzählt. Über seine Tricks und so ...«
»Wir haben kein Radio gehört«, platzte Rick heraus.
»Beruhige dich, Rick!«, mahnte sein Vater gelassen.
Er sah Mama aus zusammengekniffenen Augen an. »Aus dem Weg!«
Charlies Mutter schwenkte den Zeigefinger vor seinem Gesicht. »Ich verstehe nicht viel von Hunden, Mr. Kelly, aber eines weiß ich ...«
Sie war jetzt zornig und erinnerte Charlie an Avril.
»Dieser Hund ist liebevoll erzogen worden, nicht mit Rohheit und Gewalt!«, rief sie. »Dieser kleine Hund mag Ihren Sohn ja noch nicht einmal!«
»Ich habe gesagt, Sie sollen mir aus dem Weg gehen«, drohte Mr. Kelly und versuchte sie beiseite zu schieben.

»Rühren Sie mich nicht an!«, schrie sie warnend.
Die ganze Zeit hatte Boy gewinselt. Seine Augen waren unablässig von einem zum anderen gewandert. Plötzlich sprang er Rick ohne jede Vorwarnung an. Und noch einmal und noch einmal ...
»Lass das!«, schimpfte Rick.
Er hob den Arm um sich zu schützen. Die Leine glitt ihm aus der Hand. Boy floh unter einen der Esstische. Mr. Kelly fluchte. Rick kroch unter den Tisch. Erst Kampfgeräusche, dann ein Aufschrei.
»Er hat mich gebissen! Er hat gebissen!«
Rick kam unter dem Tisch hervor und hob einen Finger in die Höhe.
»Ich werde die Polizei anrufen«, sagte Mama.
»Das glaube ich nicht«, sagte Mr. Kelly und versperrte ihr den Weg. »Und außerdem – was meinen Sie, was die Polizei tun würde?« Er lächelte ein schmallippiges Lächeln. »Den Hunderettungswagen schicken? Los, beeil dich, Rick!«
WO BIST DU, DAD?, schrie es in Charlies Kopf. Du kannst doch nicht immer noch am Telefon sein! Komm, Dad!
Boy sprang, von Rick verfolgt, von Tisch zu Tisch. Jetzt war er unter dem Ecktisch. Rick riss sich sein Sweatshirt vom Leib, stieß mit dem Fuß unter den Tisch und als Boy darunter hervorfloh, stürzte er sich auf ihn. Er lächelte boshaft, als Boy sich unter dem Sweatshirt winselnd wehrte. Dann stellte er den Fuß auf die Leine und hob das zappelnde Bündel vom Boden auf. Charlie sah hilflos zu. Eine Träne quoll aus seinen Augen. Eine große, runde Träne. Sie fiel. Tropfte auf sein T-Shirt. Dann noch eine. Und noch eine. Er sah, wie die nassen

Flecke sich ausbreiteten und plötzlich stürzte er sich auf Rick. Mama zog ihn zurück.
»Gib nicht auf, Boy!«, rief er. »Lauf weg! Komm zurück, hörst du?«
Sie waren jetzt in der Diele. Mr. Kelly öffnete die Haustür. Und da stand Avril.
»Avril!«, rief Mama.
»Sie nehmen ihn mit, Av!«, weinte Charlie. »Sie nehmen Boy mit. Er gehört ihnen gar nicht! Halt sie auf, Avril!«
Sie blickte erstaunt von einem zum anderen.
»Was soll das?«, fragte sie.
»Du kannst ja versuchen uns aufzuhalten«, sagte Rick.
»Okay«, antwortete Avril und nickte.
Sie trat ein, schlug die Haustür hinter sich zu und lehnte sich dagegen.
»Er gehört uns und wir nehmen ihn mit. Mach Platz!«, verlangte Mr. Kelly.
Avril betrachtete ihn aus der Nähe. Dann sah sie Rick an.
»He, sagt mal, kennen wir uns nicht? Ja, natürlich, wo war es doch gleich, lasst mich überlegen ...«
»Beeil dich, Daddy!«, drängte Rick, der mit dem zappelnden Bündel seine Schwierigkeiten hatte. Draußen hupte ein Auto dreimal.
»Dad! Dad!«, rief Charlie und lief in die Küche. Wo war er? Warum tat er nicht endlich etwas? Er rief die Treppe hinauf.
Avril funkelte Mr. Kelly an. Er schwenkte drohend den Zeigefinger. »Ich sage es nicht noch einmal!«, fuhr er sie an.
»Sie sollten sich schämen!«, sagte sie und trat zur Seite.
Charlie sah ihnen nach, wie sie über den Weg auf den blauen Kombi zugingen.

»Keine Bange!«, sagte Avril und drückte ihn fest an sich. Charlie sah sie erstaunt an. Keine Bange? Sollte er vielleicht jubeln?

Plötzlich wurde die Tür zum Aufenthaltsraum aufgestoßen. Die Zwillinge drängten zugleich mit Craig und Jodie heraus. Mrs. Biggins, Doris und Peggy folgten ihnen. Madonna stürmte heraus und wie ein Blitz durch die Haustür.

Doris packte Charlies Arm. »Ist das nicht aufregend?«, fragte sie.

»Kommt!«, rief Peggy. »Wir wollen doch nichts verpassen!«

»Kann mir vielleicht jemand erklären, was hier los ist?«, rief Mama.

»Kommt!«, sagte Avril und schob Mutter und Bruder vor sich her den Weg entlang.

Familie Biggins hatte schon den Zaun erreicht und schaute darüber hinweg. Madonna sprang laut bellend auf und ab. Doris und Peggy eilten den anderen nach.

»Guckt mal, der ist ganz schön wütend«, sagte Craig und deutete auf Mr. Kelly.

»Geschieht ihm Recht«, sagte ein Zwilling.

Charlie rannte zum Gartentor. Mr. Kelly sah wirklich sehr zornig aus und Charlie erkannte sofort den Grund. Sein Auto war zugeparkt. Der weiße Kombi von Mr. Biggins stand Stoßstange an Stoßstange vor ihm, Dads Wagen ebenso dicht dahinter. Rick saß bereits mit Boy im Wagen seines Vaters. Boy stand auf den Hinterbeinen und kratzte an der Scheibe. Er wollte hinaus. Man konnte genau sehen, dass Rick alle Mühe hatte ihn festzuhalten.

»Sie fahren sofort Ihr Auto weg oder es gibt Blechschaden«, schrie Mr. Kelly und schlug auf Dads Motorhaube.
»Immer ruhig bleiben!«, rief Peggy.
Dad saß lächelnd auf dem Fahrersitz und schüttelte den Kopf. Mr. Kelly trat gegen den Reifen und stürmte zu dem weißen Kombi. Mr. Biggins stieg aus, reckte sich und rollte die breiten Schultern. Mr. Kelly wich zurück.
»Mach das noch einmal, Kumpel«, sagte Mr. Biggins und verschränkte seine mächtigen Arme. »Dann werde ich ungemütlich.«
Dad stieg jetzt ebenfalls aus.
»Ich warne Sie!«, schrie Mr. Kelly und deutete mit dem Finger auf Mr. Biggins.
»Hast du das gehört, Sandra?«, rief der sofort. »Eine offene Drohung!«
Mrs. Biggins tauchte hinter der Hecke auf. Sie hatte die Videokamera vor dem Auge und hob einen Daumen.
»Sie sind gefilmt, Mister!«, rief ein Zwilling.
»Nein, das ist ja genau wie ein Fernsehkrimi, nicht wahr?«, sagte Doris.
»Wir wollen Boy! Wir wollen Boy!«, riefen die Zwillinge einstimmig.
»Sie sind ja alle verrückt geworden!«, schrie Mr. Kelly. »Alle, ohne Ausnahme!«
Er riss die Tür seines Wagens auf. Boy kam herausgeschossen, lief zu Charlie und sprang ihm in die Arme. Ein lauter Jubel brach los. Und dann gab der weiße Kombi schließlich den Weg frei und der blaue fuhr mit quietschenden Reifen an.
»Sein Auspuff müsste auch mal repariert werden«, bemerkte Avril.

Nachdem wieder Ruhe eingekehrt war, saßen Charlie, Mama, Dad und Avril um den Küchentisch. Mama starrte immer wieder Avrils Zöpfchen an, sagte aber nichts. Avril erzählte ihren Eltern begeistert von ihrer Wohngemeinschaft und davon, dass sie auf ein Motorrad sparen wollte. Mama fragte sie ein wenig unpassend, ob sie vielleicht Küchentücher brauchte. Boy schlief auf Charlies Schoß und Charlie war dicht daran, auch einzuschlafen. Die Augen fielen ihm zu, bis er plötzlich Ricks höhnisches Gesicht vor sich sah. Das ließ ihn sofort wieder wach werden.

»Av, hast du Mr. Kelly wirklich gekannt?«, fragte Charlie.

»Selbstverständlich nicht. Ich habe überhaupt nichts gewusst. Dad hatte angerufen und nur die Nachricht hinterlassen, Boy würde abgeholt und du könntest vielleicht ein wenig Aufheiterung gebrauchen. Da hab ich beschlossen gleich herzukommen. Dad hat mir erst alles erzählt, als ich hier war. Er war ziemlich in Panik. Der Wagen von Mr. Biggins wollte nämlich nicht anspringen. Sie mussten ihn schieben. Also war ich für die Verzögerungstaktik verantwortlich. Sie wollten dreimal hupen, wenn sie bereit waren.«

Dad zwinkerte Charlie zu.

»Dieser Rick hat mir von Anfang an nicht gefallen«, sagte Mama und sammelte die Teetassen ein. »Er sah aus wie ein Junge, der daran gewöhnt ist alles zu kriegen, was er haben will. Er hatte mich bestimmt im Radio gehört und sich in den Kopf gesetzt, diesen Hund, der so viele Tricks konnte, zu bekommen. Das Schlimmste daran ist eigentlich, dass sein Vater dabei mitgemacht hat!«

»Ich habe in der Diele alles gehört«, berichtete Dad. »Zuerst habe ich überhaupt nicht gewusst, was ich tun sollte, aber dann kam mir die Idee. Ohne die Hilfe von Mr. Biggins wäre das aber nicht möglich gewesen.«

»Warum hast du nicht die Polizei gerufen, Dad?«, fragte Charlie.

»Keine Zeit! Erinnerst du dich an den Einbruch bei Tante Janet, Charlie? Zwei Stunden sind vergangen, bis die Polizei aufgetaucht ist.«

Boy zuckte im Schlaf, als versuchte er zu laufen. Charlie streichelte ihn.

»Du warst großartig, Dad! Mama auch! Und Avril! Überhaupt alle!«

»Aber dein Vater hatte am Ende die zündende Idee!«, sagte Mama.

»Kannst du Hunde immer noch nicht ausstehen, Mama?«, fragte Charlie.

Sie seufzte. »Tja, mein Junge, ich fürchte, das ist immer noch so.«

Charlie schluckte.

»Aber als dieser schreckliche Mr. Kelly und sein Sohn Boy mitnehmen wollten, konnte ich den Gedanken einfach nicht ertragen, dass sie ihn bekommen sollten. Plötzlich habe ich gemerkt, dass ich das Kerlchen richtig gern mag.« Sie legte Boy die Hand auf den Kopf und sah erst Charlie, dann Dad an.

»Boy ist kein Hund«, sagte sie. »Er ist ein Teil der Familie. Und wenn niemand kommt um ihn abzuholen, dann ist er hier zu Hause!«

Vier Wochen später zog Charlie in Avrils Zimmer. Sie war glücklich in ihrer Wohngemeinschaft und bei ihren Freunden. Scottie kam zum Übernachten. Bisher war dafür nie genug Platz gewesen.

»He, Boy!«, sagte Charlie. »Zeig Scottie, wie du dich tot stellen kannst!«
Boy hörte auf an Scotties Socken zu schnüffeln, verdrehte die Augen und fiel um. Scottie lachte.
»Lebendig!«, befahl Charlie.
Boy sprang auf und verschwand unter dem Bett.
»Ich habe etwas für euch beide«, sagte Scottie und griff nach seiner Mundharmonika. Er führte sie an die Lippen und spielte. Es ging noch ein wenig unsicher und er unterbrach sich immer wieder und sagte: »Nein, halt, das war falsch! Heute früh habe ich's noch richtig gekonnt, ehrlich!«
Es war eine Melodie, von der Charlie wusste, dass er sie irgendwann schon einmal gehört hatte.
»Ich habe sie von einer von Mums alten Langspielplatten«, erklärte Scottie, als er fertig war. »Das Stück heißt: ›Wenn ein Stern vom Himmel fällt‹. Es dreht sich um Sterne und Wünsche und Träume und so.«
»Danke, Scottie«, sagte Charlie. »Das war wirklich gut. Los, spiel es noch einmal!«
»Es ist schon komisch, wenn man darüber nachdenkt«, sagte Scottie, als er fertig war.
Er lag auf dem Bett und schaute zur Decke.
»Der Mann hieß Wishart, nicht wahr? Das klingt wie ›wish‹ und das bedeutet Wunsch, und hart klingt wie ›heart‹ und das heißt Herz. Verstehst du?«
»Ja«, antwortete Charlie und ließ sich neben ihn fallen. »Daran habe ich auch schon gedacht.«
»Ein Zufall, nehme ich an«, sagte Scottie gähnend.
»Ja, reiner Zufall.«
»Aber irgendwie echt super, oder?«
»Ja, wirklich super«, bestätigte Charlie.

Boy sprang auf.
»Wuff!«, sagte er.
Draußen blitzten die Sterne.